夜不語

秘檔案103

Dark Fantasy File

陰靈蘋果

夜不語 著 Kanariya 繪

CONTENTS

自序

序，已經寫到了第一部新版的第三集了。成都的天空，依舊是霾的。我默默地看了看窗外能見度不足的一百公尺的城市，低頭又拿起了手機。

空氣指標顯示，pm2.5 高達四百多。

我默默地再次將手機放下，心想全國空氣指數中，成都大概又是六百多個城市中倒數幾名的吧。在這橫掃大半個中國的污染中，我無處可躲。只能暗暗祈禱，餃子幼稚園的新風系統別故障，不然就只能將她接回來。

提到新風系統，今年我在家裡安裝了一個大型的、工業級的。上一次用這玩意兒，還是十多年前，當時我在德國，在一家電腦店打工時，庫房裡接觸過。當時不懂，覺得這玩意沒中央空調有效。

沒想到就是類似的新風系統，在十五年後，直接被我裝在了自己的房子中。

是的，我拆掉了中央空調，裝了天熱的時候房間更熱，天冷的時候房間更冷的新風系統。人冷的時候，發發抖就過去了。但是霧霾進了肺裡，可是會再也出不來的。

儘管霧霾令我兩個禮拜沒出過門了，但是我的心情，還是挺好的。畢竟我最近可以不用去片場吸霾，只要悠閒的坐在電腦前，遙控影片攝製組的工作，偶爾當當顧問。

《夜不語詭秘檔案》系列的影片拍攝得速度也很快，電影已經殺青了，系列劇的策劃也上了正軌。

或許 2017 年，大家就能看到了吧。

話說，竟然已經跨入 2017 年了。自己的 2016 年，完全處於忙碌狀態，2017 年的元旦急急忙忙的回家，抱著餃子親了兩口，然後就上床睡覺了。

直到第二天起床，刷了刷朋友圈。才發現 2016 年已經過去，2017 年居然到來了。毫無真實感，哪怕朋友圈已經刷爆了拜年的氣氛，可我的一月一日，仍舊沒有 2016 年已經過去的真實感。

這是這麼多年來，唯獨第一次，沒有感覺到跨越元旦的一年。

不知是不是年齡的原因，總覺得過節的氣氛在變淡。三十多歲的我，就連記性和精力也都不夠用了。

特別是最近幾年，自從有了餃子這個度量衡單位後。看著女兒一天一天的成長、變高、多才多藝。我越發的感覺，自己的歲月，在一天一天的增加。

越扯越遠了。

《陰靈蘋果》這本小說，是我 2002 年寫的，不知不覺，已經過了15年。這本書有許許多多的光環，也有許許多多跟不上時代的地方。前年內地再版的時候改過一些，今年又一次的再版又有許多跟不上時代了……

是我的時代太慢，還是這個時代變得太快？

搞不太清楚。總之，我也小小得改了一些，改得不多，大家或許也讀不出來。

總之，希望大家喜歡吧。

也祝大家，2017年，順利、健康、快樂！

夜不語

陰靈蘋果
Dark Fantasy File

美國的社會學者布魯范德曾經為都市傳說下過定義，他說許多恐怖的故事往往都是從某人口中所謂的「朋友的朋友」開始的。

事實上如果仔細一想，確實是如此。

朋友的朋友說某個地鐵月台前的寄物櫃會帶來厄運；朋友的朋友說如果不關好門就會有空隙女鑽進來割斷你的脖子；朋友寄給你一封信，說是朋友的朋友轉寄給他的，如果你不在一個禮拜之內將同樣的信件寄出去十份，就會死掉。

都市傳說大多如此。

蘋果的故事，大多數人都耳聞過。

那麼，當恐怖的故事成真時，你會，怎麼做呢？

楔子

夜深了。

小鎮上那所破舊的鐘樓，緩慢而又沉悶的敲響了十二下。午夜到了……

在這萬籟俱寂的時間裡，卻有一個女孩慢慢推開自家廁所的門。

其實這也並沒有什麼好奇怪的，只是，那個女孩進去後，隨手關掉了廁所裡的燈，接著在洗手台的鏡子前，點燃了一根白得可怕的蠟燭。

在搖擺不定的燭光中，那個女孩略微緊張的臉，顯得有些猙獰。

「好了！就要開始了！」女孩深深的吸了一口氣，再次鼓勵著自己。

接著，她拿出一把水果刀以及一顆鮮紅的蘋果。

「ＯＫ！我絕對不會慌張！絕對會一次ＯＫ的。李嘉蘭輸定了！」她一邊喃喃自語，一邊開始用水果刀削起了蘋果。

刀慢慢而又仔細的將果肉和果皮分離，不厚一分，也不薄一點，只是堪堪的將果皮連住，可見這女孩為了今晚不知練習了多久！

呈螺旋狀的鮮紅果皮，一點一點在昏暗的蠟燭光炎中變長，女孩聚精會神的削著，也許是眼神太過專注在刀上了，絲毫沒有發現垂下的果皮正散發著一種令人毛骨悚然的怪異。

「呵呵，就快要削完了！」這女孩用毛巾擦了擦額頭的汗水，不知為什麼，雖然這過程不過才一分多鐘，但是卻覺得比跑完五公里還累。

還剩下一圈，果皮就可以和果肉完全分離了，女孩顯得更加小心翼翼。她拿著刀細心的削著，就像在雕磨一顆無價的寶石。

就在這時，一隻老鼠突然從廁所的一端跑了出來！

本來就神經緊張的女孩嚇得尖叫一聲，本能的將手裡的東西向老鼠扔去，下一刻等她清醒過來時，一切都已經完了。她努力的成果被摔成了好幾段。

靜，無盡的寂靜充斥在黑暗中，猶如一隻無形的爪子死死的掐住了人的脖子。

女孩愣愣的站著，一動也不敢動，不知過了多久，女孩突然哈哈大笑起來！

「哈哈，根本就什麼事也沒有發生嘛。這些傳聞本來就是騙人的東西，哈，剛才我竟然還傻得差點相信了！哈，那隻臭老鼠，看我明天怎麼對付你！」

她笑著，不斷的笑，就像一生也沒有這刻這麼開心過，但她的內心深處卻有種揮之不去的恐懼……

突然，一股惡寒從她的後脊向頭頂擴散去。

女孩打了個寒顫，緩緩的轉過了頭……

一聲慘痛的尖叫，就這麼沒有絲毫預兆的劃破了寂靜的夜。

但沒有人注意到，尖叫過後，小鎮上那所破舊的鐘樓又緩緩而沉悶的敲響了。

仔細聽聽，卻依舊是不多不少的十二下。

午夜，天幕被烏雲蓋盡。

這件怪異的事件就在鐘聲中開始，又在鐘聲中結束。

第一章　紅衣怪女

有時候總愛想人生到底是什麼？活著的感覺又是什麼？如果將人生比作一段旋律的話，那麼我的人生旋律又是怎樣的呢？會不會是洞簫與小提琴交織出來的亂七八糟曲調？

我是夜不語，一個總是會遇到離奇古怪事件的男孩。

經歷了《木偶》事件後，我回到了家中，但讓自己感覺頭大的事情隨即接踵而來。為了迎接不久後便會降臨的高中學力測驗，老爸幫我請了一大堆家教。

「臭小子，我知道憑你的聰明才智，學力測驗一定是沒有問題的。」這個臭老爸一邊戴我高帽，一邊黑著臉道：「但我是個商人。商人的定義就是不冒任何沒有把握的風險，不鑽任何沒有漏洞的空子。所以，這段時間就只好委屈你待在家裡努力溫習了！」

他一邊大義凜然的說著不負責任的話，一邊想要將我丟給傭人。看來，那傢伙是真的想把我像個苦行僧一樣鎖在家裡。

大為喪氣的我猛瞥了他一眼，突然發現老爸的衣袋裡有某樣脹鼓鼓的東西，於是立刻眼明手快的將它搶了出來。

「嘿，這是什麼？」我看著手裡的機票，大有深意的笑了。

「如你所見，只是非常普通的機票而已。哈哈。」老爸明顯不安的笑道：「你也知道，我和你阿姨已經有好幾年沒有單獨旅行過了。」

我意味深長的「哦」了一聲，突然又問：「那為什麼只有一張呢？」

「另一張在你阿姨那裡。」老爸打著哈哈說道：「這麼簡單的道理，你小子怎麼都不明白？」

「嗯，我最近的確是越來越笨。」裝模作樣的撓了撓腦袋，我眼珠一轉，拿起了電話：「那麼為了表示一下孝心，我『不得不』向阿姨祝賀一下。」

果然不出所料，老爸頓時大驚失色的叫道：「啊！不要！你阿姨非殺了我不可！」

「嘿嘿。」我得意的笑道：「那麼家教的事情？」

「隨便你好了！」老爸垂頭喪氣的說：「不過如果你考不上的話，可不要指望我會出大錢送你上明星高中。」

鬼才想去上什麼明星高中，累就算了，又只能認識些只懂得讀死書的無趣傢伙。

「對了。」老爸突然回頭好奇地問：「機票的事你是怎麼看出來的？」

我笑著說：「老爸，你不要總是把別人當傻瓜。最近又不是你和阿姨的結婚紀念日。也不是家族裡什麼大的日子，無緣無故的出去旅什麼遊嘛！而且如果你是因為出差的話，也用不著對我說謊吧？那麼就只有一個原因了，一定是趕去做某些見不得人的事情，比如說路上的野花什麼的。」

魔鬼！這小子一定是魔鬼！老爸滿臉都寫著這樣的字。

我頓了頓，又道：「其實某個老傢伙的私生活我是沒有權利干涉的。我想你在阿姨面前一定是撒謊說要出差吧！我會為你保密的，但我想告訴你，我倒挺喜歡自己這個繼母！」

老爸摸了摸我的頭說：「你這個傢伙。好了，告訴你吧，我可不是去採什麼路邊的野花。只是去見一個她素來不喜歡的人罷了，真是人小鬼大。」

老爸就這麼走了，準備「出差」一個月。

我思考了幾天，終於決定報名數學和化學的晚間補習班。而後相安無事的過了十幾天，直到那天晚上……

那天因為自己的化學考卷寫得實在太糟糕，補習班老師單獨留我輔導，一道題一道題的慢慢解釋，害得自己回家時已經快十一點半了。

為了節省時間，我毫不猶豫的準備抄小路回去。但是剛走到路口就有種不舒服的感覺，小南街似乎停電了，整條路都黑漆漆的，再加上今晚又沒有月亮，顯得特別陰冷恐怖。

突然身旁響起了「哼」的一聲，頓時嚇得我頭髮都快豎了起來。

「像你們這種昧著良心的有錢人，也有害怕的時候？」有個不太友善的聲音說道。

我回頭一望，竟然是張鷺。

她是個很男性化的女孩，和我同一家補習班，聽說雙親都失業，整個家就靠母親幫別人縫補外加洗衣物勉強支持著。唉，華人的家庭就是這樣，就算再窮，她們家還是勒緊腰帶讓她報名補習班，只是不知道為什麼這傢伙總是看我不順眼。

「走這種路，難道妳就不會害怕嗎？」我反駁道。

張鷺冷哼一聲，「我這人從小賤命，這路早就走習慣了，不像某些溫室裡的花朵。」

我盯了她一眼，「妳是在說哪種溫室花朵？」

她皮笑肉不笑的諷刺道：「不知道，我沒有研究過花，不過我倒知道，哪些花是踩著別人的頭爬起來的。」

不會是在說我老爸吧？她家和我老爸有什麼關係？

我著實鬱悶了一下，淡然道：「物競天擇，適者生存，我相信這個道理妳還是懂吧！跌倒的人如果一味的只求讓別人也跌倒的話，那麼他永遠也爬不起來的，只會變成沒用的社會蛀蟲。」

「王八蛋，你是在說誰？」張鷺氣惱的衝我叫道。

我笑起來，「只是一個無聊的比喻罷了。難道妳的花朵也有任何意義嗎？」

「哼！夜不語，別以為你家有幾個臭錢，就一副了不得的樣子。我告訴你，這世界上比你家有錢的人多的是。」張鷺咬牙切齒的對我吼道。

我鼓著掌，風度翩翩的向她鞠了一個躬，說：「說得不錯。不過我夜不語似乎從來沒有擺出過得意的樣子吧？就算有也是在刺激某個莫名其妙的傻瓜的時候。」

「你！」張鷺氣憤的說道：「臭小子，我要和你決鬥！」

我笑道：「很可惜，我不打女人。」

「誰說要和你打架了！」她瞪了我一眼，隨後向四周望去，突然指著前方說：「看，那邊有個穿紅衣服的女孩子，我們騎車過去，誰先追上她，就算誰贏了。

「哼！如果你輸了，就要每天跪著向我磕三個響頭。」

「但是如果我贏了有什麼好處？我可不想要妳磕頭。對我來說，那玩意兒一毛錢都不值。」我一邊說，一邊順著她的手指望去。

有沒有搞錯，街上不是空蕩蕩的什麼都沒有嗎？這傢伙是不是在耍我！疑惑的再次揉了揉眼睛，這才隱約看到，前方大約三百公尺遠的地方，真的有一個穿著紅衣的女子，她手裡似乎拿著什麼東西，並緩慢地向前走著。怪了，剛才自己怎麼一直都沒有注意到？

「如果我輸了，隨便你怎麼處置都好。」張鷺突然說道。

「真的？怎麼樣都好？」我回過神，裝出不懷好意的模樣打量起她。

說老實話，如果不計較她的男性化，張鷺算得上是一個美女。苗條纖細的腰肢，紅潤小巧的嘴唇，清秀可愛的臉龐，還有高聳的……

那小妮子發覺我的眼神在她胸前某個部位掃來掃去，本能的用手擋住，臉色通紅，「當然是不能逼我做下流的事！」

我乾咳了幾聲道：「那好吧，妳的挑戰本帥哥勉強接受了。」

話音剛落，就踩著腳踏車衝了出去。

「你，你無賴！」張鷺大罵我無恥。

我「嘿嘿」大笑，「笨，妳爸媽沒教過妳什麼叫兵不厭詐嗎？」

兩輛腳踏車就這麼一前一後的在深夜的街道上急速前行。

經常耳聞「胸大無腦」這個形容詞，她胸部也不大啊，怎麼人還那麼笨？自己只是稍微譏諷了她幾句，這女孩就不考慮任何因素的衝動起來，我不吐槽簡直是侮辱自己的人格。

先不說男與女體質的問題，單是比車的速度，我也勝她不止一籌。自己這輛車是歐洲進口的新型流線車，最高時速可以達到七十公里以上，這怎麼可能是她那輛破舊的淑女車可以比的嘛！簡直就是對我放水！

果然不出所料，我的車輕鬆的幾蹬就超過了她。我回頭一笑，並不急於和她拉開距離，只是在她的車前晃來晃去，進一步刺激她。

張鷺那小妮子狠狠的瞪了我一眼，死命的加快著速度，可惜她的車子實在太爛了，速度是有限的。五月的夜也是很炎熱的，不久她就累得大汗淋漓。

騎了大概兩分鐘左右，至少也應該有五百多公尺了吧！我悠閒的望向前方，赫然發現那個紅衣女子竟然還在前方大約一百公尺的地方。

天哪！這怎麼可能！除非她是用跑的，但看她腳步的移動，還是那麼的不慌不忙，那麼的緩慢，一如第一眼看到時那樣。

我猛地一握剎車，一把抓住了還在用力騎車的張鷺。

「幹嘛，你想認輸了？」張鷺不滿的停下車問。

我緊張的抓著她說：「妳覺不覺得前邊的那個女孩有些古怪？這麼晚了還一個人走得這麼慢，而且還提著一個瓶子。」我看清楚了，那個人手裡提著的竟然是個啤酒瓶。

張鷺毫不在乎的說：「或許她是幫自己的爸爸買了啤酒，這有什麼好大驚小怪的。」

「但是這麼晚了，哪有雜貨店還沒打烊？」我還是感覺很不舒服。

張鷺哼了一聲，「你不信的話，我們就追上去問問。」

「我看還是不要的好。」我用力搖搖頭。

張鷺那小妮子居然大笑起來，譏諷道：「你這樣還算是個男子漢嗎？竟然這麼膽小，太可笑了，我這個女孩子都沒有害怕呢。」

「哼，我才沒有怕。去就去！」明知道是激將法，但還是中了招。我一蹬腳踏車，飛快向前方衝去。

那個紅衣女子還是不疾不徐的走著，但奇怪的是，就算我們拚足了勁也沒有接近她多少。這時張鷺也開始起了懷疑，但礙於剛才還在自己面前說過大話，害怕我的恥笑，又不敢中途退出，只得鼓足勇氣，一個勁的緊緊跟在我身後。

死死咬尾了六分鐘，那紅衣女子突然拐入一條很小很窄的巷子。

我倆也心火上冒的跟了進去，可就在這時，她居然沒有任何預兆的，在我們眼前五十公尺遠的地方消失了，就像看不見的雲霧一樣失去了蹤跡。我和張鷺同時猛地按下剎車。

「怎……怎麼回事？」她驚駭的全身顫抖。

「我過去看看。」不要命的好奇心又湧上心頭，我跨下腳踏車。

這條巷子我走過千百次了，走來走去都只有一條筆直的路，沒有任何岔道，也沒有任何出入的門，只有五百多公尺長，不到三公尺寬的水泥路，和兩旁五公尺高的圍牆，而且這條路即使騎車穿過也要兩分多鐘，更不要說走路了，那個女孩沒有理由會突然消失！

「那我怎麼辦？」張鷺可憐巴巴的說。

「妳在這裡等我一下。」我一邊輕聲說，一邊向前走去。

「我，我才不要一個人！」她快步走過來，死死的靠著我，還抓緊了我的手臂。

喘著粗氣，我好不容易才走到那紅衣女子消失的地方。沒有！什麼也沒有！沒有下水道，牆還是那麼高，通向另一邊的出口還有四百公尺，快跑的話，至少也要花上一分多鐘，可以突然消失的因素竟然一個也沒有！那麼就只有一個可能性了……

我感覺一股惡寒從脊背爬上了脖子，和張鷺對望了一眼。我倆同時「鬼啊」的一聲，大叫著朝來的地方狂奔而去。

那紅衣女子到底是什麼東西？真的是鬼嗎？還是有某些自己沒有想到的因素存在？

一邊狂跑，我一邊不斷思忖著，難道自己安靜的生活，又將要結束了嗎？

第二章 嬰葬

如果要認真想一想，其實我對鬼神之說，一直都是抱著半信半疑的態度，自小都是如此。

雖然一直以來，我不斷遇到許多離奇古怪的事情，但仔細的思考後又發現，更多的事情，幾乎都是我身旁的人看到的，他們將遭遇和感受用語言和行動展現在我眼前，但是我卻從沒有深入直觀的研究過那些東西。

所以那個紅衣女，如果她真的是鬼的話，那麼這次就是我真正意義上的第一次見鬼了。

但對於這件事，我並沒有去認真的思考，只把它當作炎熱五月天的小插曲，就這麼忘掉了。隨後六月到了，然後是學力測驗，很不湊巧的是，我竟然考上了母校的高中部。見鬼！都不知道該怎麼去評價自己的狗屎運氣！

一想到還要再次住校，國中玩碟仙後發生過的那一連串悲劇，一幕幕又再次浮現在腦海，於是我和「出差」的老爸通了電話——

「老爸，我考上從前國中時的學校了。」

「很好，不愧是我的兒子！」一聽我考上了這間高中，老爸的聲音頓時變得熱情無比。

可我的下一句話，無疑在他頭上潑了一盆冷水，「但是我討厭那裡，我想讀附近的第二中學。」

「混蛋！哪有人像你這樣的。」老爸果然大為惱怒，「都已經考取明星高中了，竟然還要去讀那種升學率低得要命的普通中學！不行！絕對不行！」

「但我就是不想去那裡。你應該沒忘記國中時，我身邊發生過什麼事情吧？」

「這……即使那樣也不行！這次我怎樣也不會放任你任性了！」老爸斬釘截鐵的說道。

唉，我就知道會這樣，看來軟的果然行不通。

我沉吟一會兒，突然問道：「老爸，老實說，你這次出門的理由實在很奇怪啊！我一直都在想，為什麼你對阿姨說自己是去出差，卻又不對我撒同樣的謊？竟然說是和阿姨一起去旅遊，但被我揭穿後，又改口說是去見阿姨不喜歡的人……這真的很讓人費解，難道你是有什麼說不出口的苦衷嗎？想來想去，我還是想不出任何頭緒，所以我決定明天把這些疑問統統丟給阿姨。她那麼能幹，一定能理出些頭緒才對！」

電話的那一頭沉默了，過了半晌，老爸才苦澀的說：「上輩子我不知道欠你這個魔鬼兒子多少債，這輩子要來這樣折磨我！唉，我知道了。第二中學是吧，我會打電話和校長談談看。」隨後，狠狠的掛斷了電話。

嘿，搞定了！我伸了個懶腰，爬到床上。

說真的，我對這次老爸出門的目的真的大有興趣。雖然在電話裡我的語氣很有自信，儼然一副已經抓住了他小辮子的樣子，但直到現在，我還是猜不出個所以然，到底他那麼神秘是為了什麼？

關於這些，我終究沒有再去思考，見好就收這個道理自己還是明白的，畢竟惹惱了那個臭老爸，我也不會有什麼好下場。

許久以後，我才知道老爸那趟「出差」之旅的背後，居然隱藏著一個很大的秘密，不過，那又是另外一個詭異的故事了……

□

漫長的兩個月暑假即將過去，老爸沒有食言，他果然讓我進入了這個小鎮的第二中學，我被編入了一年五班。

「夜不語！哼，還真是冤家路窄，沒想到竟然和你編在同一個班裡。」

突然感覺有個人重重地拍著我的肩膀，我嚇了一跳，反射的抓住了那隻手，柔軟、小巧而且纖細，原來是個女孩子啊！我若有所思的抓著那隻手不放，然後轉過身去。

果然是張鷺那個小妮子。她愣愣的望著我，滿臉通紅，竟然忘了掙開我的手。

站在她身旁的還有三個人，他們看著我倆，立刻笑著竊竊私語起來。

「王八蛋！你在做什麼？」終於注意到摯友流露出的奇怪表情，張鷺暈紅的臉更紅了，她狠狠的將我的手甩開，氣急敗壞的大聲說：「夜不語，你這傢伙竟在大庭廣眾下佔我便宜！」

「那麼不在大庭廣眾下就可以隨便佔妳便宜了嗎？哈哈，我領教了。」我笑起來，原來她生起氣來的樣子那麼好看，而且捉弄她似乎也滿有趣的。

「你！」她氣得說不出話來，一跺腳，飛快地跑開了。其餘的三個人噗哧一聲，大笑起來。

「我叫沈科。」三人中唯一的男生伸出手來和我握了握，隨後指著兩個女孩說：「她們是王楓和徐露，大家都是張鷺國中時的好朋友，當然以後我們也是同一班了。」

徐露嫣然笑道：「小鷺在國中時可是尖牙利嘴出了名的。我還是第一次看到有人可以把她氣成這樣。」

王楓也哈哈笑著說：「不錯，不錯，這叫強中自有強中手，惡人還需爛人磨，看來這次小鷺是遇到對手了。」

「喂！妳們這兩個傢伙也算是我的摯友嗎？竟然都不幫我！」不知什麼時候回來的張鷺氣惱的叫道。

就在這時，突然聽到有人在叫美女，我轉過頭，頓時看傻了。

只見一個身材高挑的女孩穿著潔白的校服，慢慢的從我眼前掠了過去。她的步伐優雅輕盈，柔順的長髮輕輕披散在孱弱的肩膀上，明亮的雙眼烏黑而又閃爍著異彩，猶如黑夜中的星辰般迷人。彷彿注意到了我呆愣吃驚的眼神，她回過頭衝我甜美的笑了。

「她……她是！」我感覺心猛地沉了下去。

「她叫李嘉蘭，雖然現在只是新生訓練，但她已經是這所人材貧瘠的學校裡公認的校花嘍！嘿嘿，沒想到吧，我們竟然可以和這樣的美女同班！」沈科似乎也看得呆了，好久才深吸一口氣回答道。

「李嘉蘭？」我更為驚訝了，暗自責備自己選錯了學校。

張鷺狠狠的捏了我一把，惡聲惡氣的說：「你就別癩蛤蟆想吃天鵝肉了，聽說她有未婚夫。還是指腹為婚的哦！雖然大家都不知道是誰！」

「是這樣嗎？」我苦笑起來。

「好了！因為後天就要結束可愛的暑假，回到那個萬惡的教室，我宣佈，我們校園五人組，今天到沈科家裡去狂歡。」張鷺興高采烈的歡呼道。

我迷惑的望著四周問：「你們不是只有四個人嗎？怎麼叫做五人組？還有一個在哪裡？」那四個傢伙居然不約而同的向我指來。

「喂喂，我可沒說過要加入你們什麼見鬼的校園什麼組啊！」我大喊冤枉。

「有什麼關係嘛！」張鷺拖著我就朝大門走去，「就算你是有錢人，但偶爾也該體察一下窮人是怎麼生活的嘛，而且我們又不是想要你的命。」

天哪！遇到這群不講道理的人，看來我是註定要倒楣了！

這個狂歡會果然很狂歡。

沈科的家就在學校的後門附近，他家裡的人最近都不會回來，所以整棟屋子都是我們的天下，那四個人不斷的折騰廚房，每個人都買來材料迫不及待的想露一手，當然我是個例外，我這個從來就對下廚感冒的人，被張鷺以礙手礙腳為由給一腳踢了出來。

天夜了，我們鬧得無趣，最後竟然講起了鬼故事，直到十一點過後，這才盡興的各自散去。我和張鷺家是同一個方向，於是結伴往回走。

「好冷。」張鷺打了個哆嗦道：「九月的晚上竟然還會這麼冷。」

我抬頭望出去，路面上隱隱有一絲薄霧。在這種平原地區的夏夜居然會有這樣的天氣，真是不可思議！正要鑽入上次遇到紅衣女的小南街，張鷺停住了，她用哀求的語氣說：「我們今天走大路吧。」

看來小南街又停電了，霧氣在街口不斷的翻滾，透露出一股凍徹心腑的寒意，這種陰森恐怖的感覺，讓我也不由得打了個冷顫。

「好吧。」我心裡也在發悚，毫不猶豫的將車頭一轉，向大路的方向騎去。

今晚的氣溫果然是冷得異常。大路上昏黃的燈光揉合在淡薄的霧裡，散發出一絲詭異。我倆默不作聲，但都不由加快了速度。

「小心！」走了不知多久，張鷺突然驚叫起來。

我不解地望出去，竟然看到離自己不遠處，赫然有個兩三歲的小孩子。他從左邊的霧裡衝了出來，接著在馬路上跌倒了。

那小孩哭起來，他望向就要從自己身上輾過去的我，突然無邪的笑了。

我緊張的將兩個剎車同時壓住，車猛然停了下來。但是由於慣力，我一時拿捏不穩龍頭，頓時從車的前方被甩出，重重地摔倒在地上。

「你沒事吧？」張鷺著急的丟下車跑過來扶我。

「我沒什麼，快看看那個小孩，我沒有撞到他吧？」我試了試全身的關節，看來是沒有什麼大問題，只是右手臂擦傷了。

「對啊，那個小孩……」張鷺轉過頭，突然全身僵硬的呆住了。

「幹什麼？他到底有沒有事？」遲遲沒聽到她的回答的我，不滿的也轉過頭向後望去。天哪！我們身後的公路竟然空蕩蕩的，哪有什麼小孩的影子。

「怎麼回事？到底怎麼回事？」張鷺害怕得全身顫抖，她撲到我的懷裡哆嗦著問。

我搖搖頭，一聲不吭的將車子扶起來。

「走吧。」許久才將她從懷裡推開，我沒有再騎車，只是推著走起來。

張鷺戰戰兢兢的緩慢走在我身旁，呼吸急促，卻又一句話也不敢再說。我心緒萬千的移動腳步，偌大的路上，就只有兩個人的腳步聲，在夜的寂靜中迴響著。

沒有頭緒，真的沒有頭緒，那個小孩是自己走開了嗎？

要知道從自己發現他，然後被拋出去，再到張鷺往後看，那一連串的動作不過才三十秒鐘而已，那個小孩憑什麼會有那麼快的速度？

不！即使是一個體能極好的大人，恐怕也難以在這段短得要命的時間內，離開我們的視線吧！

我搖搖頭想要將疑問甩掉。但我不知道的是，就在這條似乎沒有止境的路上，還有更駭人聽聞的事情，就在前方不遠處無聲的等待著……

夜更冷了，這真的是九月天嗎？我懷疑的拉了拉外衣，不禁加快了腳步。

「我們是不是真遇到鬼了？」張鷺還害怕的發著抖。

「鬼才知道。」我不耐煩的說。

突然看到一陣淡淡的燈光，從不遠處的人家傳過來。

我抬頭望去，只見右邊的民房裡有一戶人家大門敞開著，門口堆滿了花圈和諸多紙人。那個廳子裡人影幢幢的，大多都穿著白衣服，有許多人在暗自哭著。

看來是誰死掉了？這麼晚了還在辦喪事，是要鬧夜嗎？不知為什麼，我總覺得這看來非常普通的喪事，和以往見過的有些不同，似乎少了點什麼東西！

張鷺顯然也發現了，她小聲的咕噥道：「奇怪，這家人為什麼不放哀樂？」

我的腦子轟隆一響，呆住了！對了，這家人辦喪事為什麼沒有哀樂？是怕吵著鄰居？不可能，中國人的習俗是很講究對往生者的禮貌，就算有再大的理由，也不會有人對辦喪事的喪家抱怨，那麼，有什麼理由讓這家人不願或者不敢放哀樂呢？

我往屋子裡多望了幾眼。大廳的最裡邊就是靈堂了，上頭供奉著往生者的照片。看得出來是個兩歲多的小孩子。小孩子？剛才自己遇到的，不也是這年齡的小孩嗎？

我打了個冷顫，走過去想要看清楚一點，天哪！越看越像，那種天真無邪的微笑，那麼可愛的臉龐和神態，還有嘴角那兩個獨特的酒窩。

他，赫然就是剛才自己差點輾到的小孩！

我的大腦就像被雷擊了一般癱瘓了。恐懼在心裡擴散開，那張照片中的眼神衝我笑著，上彎月的小嘴，竟然沁透出一股強烈的詭異氣氛。

「你怎麼了？」張鷺一邊用力推著全身僵硬的我，一邊細聲問道。

「進去看看。」我望了她一眼。

「去那裡幹什麼？」她拉住了我，「不要做莫名其妙的事。」

我淡然的說：「我做事從來不會沒有原因，妳仔細看看那張靈堂的照片。覺不覺得那個小孩似曾相識？」

張鷺滿臉迷惑地望過去，突然也震驚的呆住了。

「是……是馬路上的那個小孩子嗎？」她恐懼的結巴起來。

「我不能確定，所以準備進去看仔細一點。妳在這裡等我一下。」我向那戶人家走去。

張鷺立刻跟了上來，「不要把我一個人扔在這裡，我……我好怕！」

黯淡的白熾燈被風吹得不斷搖晃，靈堂裡的白衣人也在這種搖爍的燈光下顯得不真實起來。我倆走了進去，對著主人鞠了個躬，然後拿了一炷香點上，在靈前拜了幾拜。

我不斷的打量那張照片。沒有錯！我現在完全可以確定，剛才遇到的就是這個小孩。但是他已經死了啊！那麼自己看到的又是誰呢？難道真的是……鬼？

張鷺害怕的拉著我的衣袖，示意我快點離開，但我還是對眼前的一切無法置信，輕聲向主人試探道：「真是可愛的孩子，太遺憾了。他是獨子嗎？」

根據自己的想法，如果這孩子是雙胞胎的話，那麼整件事就比較好解釋了，但這家主人竟然沒有答話，只是輕輕的點了點頭。

見他們不怎麼搭理自己，我無趣的帶著一肚子疑問走了。

□

「你們不知道，我和夜不語前天晚上回家時又遇到鬼了！天哪，已經是第二次了，那個傢伙果然是超級霉星！」張鷺這個大嘴巴在開學的第一天，一大早就和她的混蛋三人組在那裡咬耳朵。

沈科大笑起來，說：「妳是說你們走大南路的時候，差點輾到一個已經死掉的小孩？而且還進了靈堂去瞻仰他的遺容？但我記得那條路上，最近都沒有辦過什麼喪事啊！」

「你說什麼？」我一把抓住了他，「你說最近那裡都沒有喪事？」

「不可能！」張鷺也尖叫起來，「那天我和夜不語明明看到了，而且還進去過。小科，你這傢伙可不要故意嚇我們！」

「我哪是這種人嘛！不信你可以問問王楓和徐露，她們都住在那一帶。」沈科看著滿臉緊張的我，突然驚訝起來，「難道小鷺說的都是真的？」

我甩開他飛快向門外衝去，「張鷺，我生病了。幫我向導師請假。」

心裡隱隱有一種古怪的感覺，如果沈科說的沒有錯，那麼前晚遇到的喪禮也就莫須有了，可是自己和張鷺明明就參加過那個喪禮，難道這一切都只是自己的臆想？但張鷺也清楚的記得那一晚所發生的事情啊！

帶著滿頭的胡思亂想，我很快的到了前天舉辦喪禮的地方。那裡竟然是一家普通的雜貨店！店主是個乾瘦的小老頭，在他的強烈推薦下我買了不愛喝的汽水、不實用的筆記本和根本用不著的一大堆垃圾。

在他滔滔不絕的語言攻勢下，好不容易才找到空隙的我，喘著氣裝作很不經意地問道：「老伯，您家裡還有幾口人？」

那老頭淡然說：「就我一口了。老婆前年就去了，下邊又無子無孫的，都不知道自己這把老骨頭還可以撐多久。」

「那麼，最近這裡有沒有人借你的店辦喪事呢？」我呼吸急促地問。

既然這個店主沒有任何家人，那麼前晚辦的喪事就不是他家的了。

「這怎麼可能嘛！借給死人辦喪事，我以後還要不要在這裡做生意啊。」那老頭像聽到了莫大的笑話般，哈哈大笑起來。

我皺起眉頭不甘心的問：「那麼前晚這附近也沒有人辦喪事吧？」

「沒有，沒有，好幾個月沒有了。該死的都死了，就剩下我們這些要死不死的了。」竟然會有這種事！我大為沮喪的離開了雜貨店。難道前晚真的見鬼了？

「怎麼樣？發現了什麼沒有？」有人在身後拍了拍我。

轉身一看，竟然是張鷺、沈科那校園四人組。

「沒有任何線索。前晚的確沒有人在這裡辦喪事，當然前提是，那個雜貨店的老頭沒有說謊。」我頭痛的說。

張鷺色變道：「那麼我們遇到的真是……」她害怕的硬把那個「鬼」字吞進了肚

子裡。

「不說這個了。你們怎麼也跟了過來？」我盯了他們一眼。

「我們是校園五人組嘛，而且這麼有趣的事情，怎麼能不插一腳呢？」沈科笑道。

「校園五人組？嘿，果然……」我頭大起來，「那麼你們的請假理由是？」

「拉肚子。」張鷺笑著。

「肚子痛。」王楓說。

「便秘。」沈科苦笑。

「人家是營養失調。」徐露裝出了嚴肅的表情。

「真是有夠簡單的理由，那你們幫我想的是什麼？」我問。

他們四個對望了一眼，突然哈哈大笑起來。張鷺笑得漲紅了臉說道：「這件事不重要哪，總之明天你就會知道的，我們還是先討論一下前晚的事情好了。」

死死的盯著他們的笑臉，我莫名其妙的有一種會被捉弄的感覺。

不過那個喪禮到底是怎麼回事呢？

是某個人的玩笑，還是一種啟示或者警告？我又迷惑了。

第三章 迷霧重重

半路失蹤的紅衣女、突然不見的小孩子，以及那個古怪詭異的喪禮，高中生活的第二天早晨，我滿腦子都被這些謎團塞住了。

班導拿了好幾張請假條在講台上大聲唸著，「張鷺拉肚子，沈科便秘，王楓肚子痛，徐露營養失調，夜不語……嗯？」那個舒閻王將眼睛湊到我的請假條前仔細看著，最後哭笑不得的大聲唸道：「夜不語，嘿，月經失調！」

頓時，全班哄堂大笑起來。我難堪的向某四個人望去，只見那些傢伙竟然笑得摔在地上。我正想要抗議，沒想到已經有人先我一步，狠狠的拍著桌子站起身來。

「老師，您認為這張請假條有可能是夜不語同學他自己寫的嗎？我想無論是誰都不會用這麼無聊的請假藉口吧！」李嘉蘭滿臉不滿的問。

滿堂的笑聲立刻被這段明顯帶著惱怒的語氣給活生生掐斷。全班寂靜，有些人甚至目瞪口呆。

舒閻王咳嗽了一聲，「當然我也覺得很奇怪，可能是有誰在開夜不語同學的玩笑吧。」

「只是玩笑嗎？」李嘉蘭嚴肅的說：「這簡直就是誹謗，是對自己的同學的人格侮辱。這種人或許現在還沒有什麼，但是當他踏進社會後會成什麼樣子呢？是垃圾、人渣還是社會的蛀蟲？我們應該堅決抵制和預防這種事的發生。我建議要將這件事追查到底，把那個垃圾抓出來處罰！夜不語同學，你認為這樣夠不夠？」

「這……其實我倒是無所謂……」我撓著頭站起來，「而且這或許只是個沒有惡意的玩笑罷了。」

「夜不語同學！」李嘉蘭惱怒的盯著我，一副恨鐵不成鋼的樣子，「請你也稍微有一點身為男生的自覺。被人耍了還這麼一副不在乎的樣子，就像是我在多事一樣！」

妳本來就在多事嘛！我咕嚕著大聲說：「對不起，是我的想法太膚淺了。為了那個同學的將來，我希望可以加重對他的處罰，不但要將他找出來，還要跟校長指出防患於未然的重要性，記他一個大過，並在當地的報紙上將這件事分為九十九集，每天刊登一集，作為對這類人的警示！」

那四個肇事者像傻瓜一樣的呆呆望著我。全班有些明白了我意圖的人，又開始竊笑起來。而李嘉蘭居然很正經的點點頭，接著又搖了搖頭，遲疑的問我：「這樣做是不是太嚴厲了一點。或者他們真的只是在開玩笑……」

「但這是玩笑嗎？簡直就是對我的人格侮辱！是對我自尊心的無情踐踏！」我忍著笑嚴肅的對她說：「這種人就是垃圾。就算他現在不是垃圾，也沒有人能保證，再這樣繼續下去，他會不會變成垃圾！我相信我們所有人，都不會願意和一個垃圾成為同學吧？所以這樣的處罰或許還太輕了。」

我用力拍著桌子激動地說：「在把他找出來的同時，我建議立刻將他拉出去遊街示眾。然後找一群蒙面人來把他痛扁一頓，再挑斷他的手腳筋！」

李嘉蘭呆住了，腦子轉了老半天才明白我是在耍她，她的臉紅起來，氣惱的狠狠瞪了我一眼。就這樣帶著喜劇的氣氛，每個人都苦憋著笑將課上完。

「你這傢伙，當時我們都差點以為你是來真的了！」課間休息的時候，張鷺那四個傢伙圍住了我。

我盯了他們一眼，「哼，給我記住，你們每個人都欠我一頓飯。」

「嘿，那麼這些資料你還想不想要？」沈科嘻笑著將一個信封掏了出來。

「是我昨天請你幫我查的東西？這麼快！」我急忙伸手去搶，那傢伙向後躲開了。

「我叔叔在鎮上資料館工作，這些資料都是他幫我找到後影印的。一個星期的午餐怎麼樣？」

「三天。」我討價還價。

「至少四天！我費了很大的功夫才拿到。」沈科拿著那信封在我眼前晃著。

「算我倒楣。成交，不過請什麼我說了算。」總算搶到了資料，我迫不及待的翻看起來。

昨天我在那條街調查了一整個上午，但都找不到任何線索，所以就請張鷺這四個無所事事的傢伙，幫我收集大南路東口的資料，特別是調查那棟樓房的店鋪，有哪些在哪年辦過什麼喪事。

但我想不到的是，沈科給我的資料竟然會那麼詳細。

從資料上看，大南路始建於十七年前的七月，並在同年的十二月完工。全長有一千五百公尺，當時路邊全都是磚瓦平房，而樓房是到十年前才開始陸續修建的。大南路東口，也就是我看到喪禮的地方，是一棟五層高的樓房，七年前蓋好的。這七年來，住戶大約搬進搬出過一百三十七家，但是現在整座樓都已經搬空了，只剩一樓的店面還有一個房客。

那個房客叫做王成德，自從樓房建起後，就和老婆租下中間的店面做雜貨小生意。不過三年前，他老婆因為心肌梗塞去世了。至於那座樓房所舉行過的喪事次數……

「什麼！」我大吃一驚的看著手中的資料，頓時感到全身都湧出了寒意。一百三十七次！這七年來，那棟樓一共舉行過一百三十七次喪禮。天哪！也就是說每家搬進那裡的住戶，都在那棟樓中死過一個家人？這到底是怎麼回事？

「你們看過了這些資料沒有？」我按捺住震驚的思緒，問身旁不斷嘻笑打鬧的張鷺等人。

「沒有。」他們誠實的搖著頭。

「那麼最好看一看。」我苦笑了一聲，將資料丟給他們。

那些傢伙滿臉猜疑的翻看起來，好一會兒，沈科才驚訝的抬起頭說：「好可怕。那裡竟然死過這麼多人！」

我慢慢的說道：「沒錯，那棟樓一定有問題。」

「什麼問題？」張鷺好奇地問。

「不知道。」我搖搖頭，「所以我們應該去那裡一趟，仔細的找找線索！」

「我們？你該不會是要我們幾個也一起去吧？」王楓認真的指出我的語病。

我笑了，「我們不是校園五人組嗎？那麼也該五個人一起行動吧！」嘿，這些傢伙平時總是什麼五人組五人組的讓我不斷吃暗虧，這次也該讓他們知道，亂拉人進他們的搞笑幫派，也是需要付出一點小小代價的。

張鷺立刻站起身，大義凜然的宣佈，「本人遺憾的做出決定，我們偉大的校園五人組，從現在起解散！」

「晚了！」我一把拉住她陰險的笑著，「那張請假條的筆跡，是你們其中一個人的，對吧。嘿嘿，你們是想讓昨天的惡作劇在校刊上曝光呢，還是想和我一起去悠閒的遊逛那棟五層高的小小建築呢？」

「但明明是你昨天拜託我幫你請假的。」張鷺大喊冤枉。

「妳有證據嗎？哼哼，當然我這個人從來都不喜歡強人所難！」

看得出他們的內心激烈的在掙扎。

感覺得出張鷺一邊在心裡大罵我是魔鬼，一邊又裝出關切的表情說：「咳！我本人是絕對不會讓自己的同學一個人去那麼危險的地方的。我當然去！」

沈科拍著桌子大義凜然的說道：「我們是校園五人組，行動當然是一起的！」

「那妳們呢？」我滿懷愉悅的望向徐露和王楓，當然眼神裡還稍微透露出了一點點脅迫。

她倆立刻露出義不容辭的表情，彷彿一起去簡直就是天經地義，不去會被五雷轟頂一般。

「很好。」我親切的微笑著，「那麼今天晚自習過後就在那棟樓前集合吧。誰沒有到，哈，那大家就期待明天的校報頭版了。」

「晚上去？」張鷺驚訝地說：「那裡白天已經夠陰森了，晚上——」

我擺擺手打斷了她的話，「要記住，我們是沒有得到允許的非法闖入者，白天進去不被發現才怪！」

說完，沒有再理會她又在小聲的咒罵我什麼，只是漫不經心的拿過資料，再次仔細研究了起來。

總覺得那棟死過一百三十七人的樓裡隱藏著什麼秘密，它和幾天前自己所見到的喪禮有任何關聯嗎？

沒有理由的好奇心在蠢蠢欲動著，我突然期待起今晚的行動了。

第四章 夜探鬼屋

鬼屋的定義是什麼我並不清楚，但是我知道它至少要符合四個條件。第一，要時代久遠；第二要荒廢、空無一人；第三要死過人；最後，便是要有怪異現象。

顯然這棟樓已經符合了前三個條件，但是第四個，它有嗎？

今夜無星無月，是個很適合翻牆入內的好日子。十點之前，所有的人都在這棟樓前集合了。

我略微打量了一下四周，這棟已在自己腦裡想像過幾十次的樓房，它的造型其實並不老，甚至略微有種西洋的味道，但就是因為這種洋味，使在沉沉黑夜中的它反而顯得詭異。

這棟近兩年鮮有人居住的房子，在七個月前已經遷空了，周圍靜悄悄的，附近樓宇的燈光也因為看板的原因被遮蓋住，整棟樓孤零零的，散發出一種殘破如死亡般的氣息。

翻過圍牆，進入樓梯的鐵柵欄門竟然是鎖住的。

「怎麼辦？」沈科問。

「進不去了，真可惜，回家睡覺吧！」本來害怕得直打哆嗦的張鷺頓時高興起來，她見我瞪著她，便對我嘲諷的笑著，邊笑還邊做出無可奈何的姿態。

但當我也笑起來時，她感到不安了，我淡淡地說：「你們聽說過一種東西嗎？那是根很細的鐵絲，如果將它扭曲到一定的程度，它就可以打開許多作工不精的鎖。我很碰巧的在今天中午，遇到了在附近當刑警的表哥，很碰巧他今天有當師父的欲望，然後很不巧的我學會了這項技術。」

「什麼碰巧不巧的，你明顯就是預謀已久嘛！」張鷺不滿的嚷開了。

我衝她笑著，從口袋裡掏出鐵絲撥弄起來。

「等……等等！」這次是王楓嚷話了，她吃驚的說：「你這樣開鎖是犯罪！」

我非常納悶的轉頭問：「對於某個踩著我肩膀第一個翻進圍牆的人來說，她還有立場提到犯罪兩個字嗎？」

「這……這是兩回事！」王楓紅著臉狡辯。

「那麼校報頭版呢？」我微笑著說。

這時，只聽到「喀」的一聲，柵欄門開了。黑洞洞的樓梯再沒有任何阻隔，赤裸裸的在我們眼前延伸，一股寒意沒來由的突然沁入身體，我打了個哆嗦向上望去。

樓梯竟然是螺旋式的，我更加好奇了，到底這棟樓是由誰設計的？這時我才記起沈科給我的資料上並沒有提到設計者，甚至連所有人也沒有記載。這對那份詳細得有些古怪的調查資料來講，的確是個非常不合邏輯的地方。

我走了進去，踏上階梯，但剩餘的四個人卻遲遲不敢踏進來。

「怎麼？害怕了？」我回頭問道。

張鷺盯了我一眼，高聲說：「我？本小姐會怕？你在搞笑嗎！我只是在考慮應該先用左腳踏進來，還是先用右腳。」

「那妳考慮清楚沒有。」我一頭黑線，聲音不由得低沉下來。

「別打攪我，本美女還在努力思考。」張鷺不耐煩的搖搖手，臉上卻掩飾不住恐懼感。

沈科卻滿臉凝重的望著我，沉聲說道：「小夜，你覺不覺得，當你打開柵欄門後，這棟樓就開始散發出一種古怪的氣氛？」

「可以仔細描述一下嗎？我不太清楚你的意思。」我不解的問。

「只是一種感覺，我形容不出來。」沈科搖搖頭，「但是總覺得有什麼事情會發生一樣。這棟樓，似乎有某些地方不一樣了！」

「不一樣？」我下意識的向四周望去。這個空無一人的五層建築，死死的融在夜的黑暗裡。周圍寂靜無聲，甚至在九月天常常能聽到的蟈蟈聲，也出奇的消跡無影。

這個一切都像死掉了的樓房完全沒有生命的跡象，它，到底有什麼不一樣了呢？

我自認不是個粗神經的人，卻也絲毫感覺不到任何異樣。

「你太敏感了。」我皺起眉頭催促道：「快點進來，今晚還有很多事情要幹。」

黑暗黏稠的瀰漫在一樓。安靜的黑夜裡，我們五個人輕輕的移動著。黯淡的橘色手電筒光芒，侷促的照射著腳下的路。

來到第一間房間，我如法炮製的用鐵絲弄開了門。這是個普通三房一廳的格局，房內顯得有些凌亂，廢棄的報紙隨意的扔在地上，滿地都是。

我仔細的一間間檢查著房間，有看不清的地方，甚至趴在地上認真的查看。我失望了，這的的確確是個非常普通的住房，雖然裝潢略微高檔，但是並沒有我認為的奇怪之處。

張鷺首先發現了我的古怪舉動，她一把拉住我問道：「夜不語，你這傢伙從一開始似乎就有什麼瞞著我們。難道這裡藏了什麼值錢的東西，你想把它找出來獨吞？」

我苦笑起來：「妳看我是會做那種事情的人嗎？」

張鷺很不屑的說：「誰知道你們有錢人的心理，說不定你們家就是常做這種缺德事才發財的！」

我狠瞪了她一眼，卻又偏偏沒有辦法解釋。自古以來，富人就是踩著窮人的腦袋爬上來的，缺德事哪個富人不做？說不定自己的老爸真的做過這種昧著良心的事呢。

我無力的哼道：「我看最有可能做的是妳才對，妳把這種事強加在無辜的我頭上，說不定就是在掩飾妳一天到晚都在這麼想！」

她嫣然笑起來，「呵呵，好無力的辯白，看來你心裡真的有鬼。」

「哈，你們夫妻倆不要打情罵俏了。」徐露嘻嘻笑道：「別忘了，我們還在這裡哦！」

張鷺立刻滿臉緋紅的喊起來，「臭小露，誰跟那個王八蛋是夫妻了？我寧願嫁豬嫁狗，也不要嫁給這個迂腐酸臭的傢伙！」

「但是你們好像啊，總是一副感情很好的樣子！」徐露笑著指了指我們。

什麼啊，我又不是鹹菜！

張鷺嘟起嘴威脅道：「是妳的眼睛有問題哪！小露，再這樣說我可會『不小心』把那件事抖出來喔！」

「不要！」徐露頓時紅了臉，她小心的看了看某人，投降道：「是，是。我們善良迷人、冰清玉潔、冰雪聰明的張鷺小姐，怎麼會看上夜不語這個無賴呢？的確是我老眼昏花，看走眼了！」

「喂……我還在這裡呢，竟然連這種話都說出來了！」我惱怒的大捂其頭。

王楓等人哈哈笑起來。沈科苦苦的憋住笑問：「那麼你到底在找什麼？難道真的是從前的住戶留下了寶藏什麼的？」

「你們的腦子到底是怎麼運作的，盡在想這些不勞而獲的事！」我頭大的盯著這四個傢伙。

累。

「這樣想比較刺激嘛，小夜，你太古板了！」王楓呵呵笑著。

「算了，我揭開謎底好了。」面對這些不知所謂的傢伙，有時候真的會讓自己很累。

我緩緩的吸了一口氣說：「今天看了十幾次資料，我發現了一個十分有趣的地方。資料上顯示，這棟五層的樓房，每層有六戶，一共就有三十戶，而每戶都是格局一模一樣的三房一廳。

「不過奇怪的並不在這裡，還記得這兒死過多少人吧？一百三十七個，那麼按道理來講，每戶都應該死過四個人以上，就算運氣再好的，也應該在這一百三十七分之一中入標一個吧。可是你們來看看我列出的統計表格！」

我掏出一張紙放在手電筒的光下，以便他們能看清楚。

沈科等人頓時臉色煞白。張鷺害怕得聲音也顫抖了：「這，這根本不可能！」

「但事實就是這樣！」我激動的揮動手臂，「這棟樓有二十五間房間其實是沒有死過一個人的！所有過世的人都集中在每一樓右手邊第一戶裡。這一百三十七個人，每個都是！」

一陣沉默。

「怪可怕的，我……我們還是出去吧！」徐露輕輕的拉了拉沈科的袖子。除了我以外，幾乎所有的人都同時贊成了她的建議。

「但是你們不覺得這樣才有趣嗎？」我攔住他們笑了。

不知道為什麼，自己竟然絲毫沒有害怕的感覺，好奇心強烈的攪動著，甚至形成了一種歇斯底里的執著。很久以後回想起來，我才發現這時的自己實在很奇怪，這種完全不顧別人感受的好奇，真的是我嗎？

「哪裡有趣了？」張鷺生氣的說。

「總之已經來了，我們就順便找找這五戶和其他戶有什麼不同吧。說不定還會有什麼意外的發現呢。哈哈，雖然說或許找不到寶藏，不過至少不會上校報的頭條。」

我半威脅的看了看螢光錶抬頭說：「已經十點十五了，一起找太浪費時間。我建議我們分成兩組，我和張鷺找一、二樓，沈科、王楓和徐露找四、五樓，然後大家再集合搜查三樓。你們有什麼意見嗎？」

他們四個雖然對我的武斷有些不滿，但還是在校報頭版下屈服了。就這樣，我們五人在樓梯口分道揚鑣。我和張鷺踏入了一樓深處的黑暗中。

可惜我們都不知道的是，沈科的感覺其實是對的。這棟樓房中確實有什麼地方改變了。或者可以說有某種長期潛伏的東西覺醒了。

夜在繼續著，伴隨著寂靜與如死的黑色。整棟樓裡迴盪著五個人輕輕的腳步聲，但沒有人清楚的知道，自己前進的每一步，赫然就是萬劫不復的死亡！

沉默的夜色瀰漫在身旁，張鷺滿臉不爽的跟著我，在一樓剩餘的五戶裡搜索，但是我很快就失望了，所有的房間都幾乎是一樣的，自己實在找不出線索，只好慢慢的向上二樓的樓梯走去。

今天早晨，當自己發現所有的人都同是死在每層樓右邊第一戶時，腦子裡就產生了大量的疑問。為什麼會這樣？為什麼死亡人數與七年來搬入這棟樓的住戶數一樣？

從資料上我清楚的知道，七年來這五間房一共也只流動了三十九戶，但如果真的死亡只發生在這五間裡，那麼為什麼又會有一百三十七人死掉了？頭開始痛了，每個問題似乎都沒有辦法找到答案。

當時我假設了兩個猜測，一是資料錯了；二就是這五間房子裡一定暗藏著什麼和其他不同的地方。

到二樓時，我從最左邊查找起來，先是搜遍正常的房間，然後再到了死過人的第一間房。但這間房一如其他的一樣，只是稍微乾淨了些，不過還是遮蓋不住那種蕭索的感覺。

這時張鷺突然開口了，「喂，夜不語，你和我們的校花李嘉蘭有什麼關係？」

我愣了愣，這傢伙！居然在這種緊張的氣氛下問出這種牛頭不對馬嘴的問題，真不知道她的腦子裡在想些什麼！

「李嘉蘭那種自傲孤高而且自私的人，竟然會對有人捉弄你的事大發脾氣，我覺得你們的關係似乎不簡單吧！」張鷺用曖昧的語氣說道。

正頭大的我冷冷地說：「以前我的確認識她，不過這似乎不關妳的事吧。」

張鷺臉色一青，她苦笑了一下沒有再說些什麼。

四周冷起來。我拉拉外衣望向窗外，不遠處聳立的兩棟九層高樓將視線蓋住。那是十多年前就建起的大廈，據說當時是遠近聞名的星級賓館和購物大廈，不過現在早已廢棄了。

從兩棟樓的間隙直直望出去，還可以看到一棟壞掉的老式鐘樓，也是十多年前的建築物。真有些好奇，從前小鎮的鎮長到底想發展什麼，竟然一口氣蓋了這麼多古怪的東西。

我嘆了口氣，已經搜查完兩樓了，自己竟然找不出任何異樣的地方。難道沈科給自己的資料真的是錯誤的？

「媽的！看來所有房間不一樣的地方，就只有窗外的景色了！」我惱怒的說道，突然渾身一震。對了！這五間房的確有一個共通的地方，是其他房子沒有的。

我真笨，為什麼沒有早點想到！

「到三樓去！」我一把拉住張鷺的手，飛快竄出了房間。

站在三樓右邊第一戶的窗前，我笑了。果然，這棟樓就只有每一層的這房間才能看得到那個鐘樓，其他房間的視野全被前方的大廈遮住了，只能看到灰洞洞的牆壁。這算不算是一個很大的共通而又異樣的地方呢？

就在我思忖著，明晚是不是應該慫恿那些人一起去夜探鐘樓的時候，有陣急促的腳步聲由遠至近傳了過來。

是沈科和徐露，他們滿臉焦急的衝進門高聲問：「小夜，你們有沒有看到王楓？」

「沒有。她應該是和你們在一起啊。」我奇怪的回答道。

「的確是在一起，但是當我們三個搜查到五樓時，她突然就不見了！我們找遍了整層都沒有找到她！」沈科大為緊張。

「我們一直在猜想她會不會是自己先回去了？」徐露說。

「不可能！」張鷺臉色大變，「我瞭解小楓，她一直都很膽小。在這種恐怖的地方，讓她一個人走出去的話，簡直就是要她的命！」

「妳說什麼！」我變色道：「立刻上五樓，我們再找一次！」

五樓被隔成九間房間，其中六間是出租房，然後分別是蓄水室、雜物室和電氣室。樓梯的盡頭有一架折疊的木梯，可以用它爬上樓頂的平台。

我們四個人一個房間一個房間的仔細找著，沒有放過任何可以容得下人的地方或者角落，但是卻始終找不到她的人影。

我不甘心，又將四人分為了兩組，在整棟樓中搜索，可所有人再次到五樓集合時，都無力的搖了搖頭。

王楓，她就像煙散在了這個漆黑的地方。

再過一刻鐘，就十二點了。

「怎麼辦？找不到她，我們是不是應該報警？」沈科面有死色的望著我。

而我的腦子也已經要混亂得爆掉了，突然一絲靈光閃過腦海，我高興的跳起來，「腳印！我怎麼沒有想到過腳印？！」

其餘三個人頓時狐疑的看向我。我強壓住興奮的神色解釋道：「這棟樓已經有半年多沒有人出入過了，地上早就積了不薄的一層地灰，人的腳踩上去，當然應該留下腳印才對！只要我們找到王楓的腳印然後跟著找過去，一定能找到她的！」

徐露頓時也興奮起來，張鷺一邊喜笑顏開，一邊嘴上卻說：「夜不語，你這傢伙的鬼點子還真不是一般的多！」

沈科看了看地面懷疑的問：「但是小夜，你有沒有想過，我們已經上上下下來來回回多少次了，腳印肯定已經亂了吧！」

我斬釘截鐵地搖頭，「路這麼寬，她的腳印一定有些是沒有被我們踩亂的。雖然我們都不是判斷腳印的專業人士，但是仔細找的話肯定也做得到。對了，她是在五樓右手第一間房間前失蹤的吧，我們就從這裡開始！」

根據徐露的回憶，王楓今晚穿的是一雙平底休閒鞋。我試著將四人的鞋印對比後，找到了她的鞋印，一個有著類似菊花圖案的鞋印，看得出這個鞋印在這房間前徘徊了很久，似乎在考慮什麼，然後她凝重的走進房內，站到可以看見鐘樓的窗戶前，然後便出去了。

同時我還發現，王楓出去後的腳印變得凌亂起來。她的步伐很不穩定的逕自走向樓梯，一層一層的靠牆走下去。「她今天有沒有提到過自己不舒服？」我轉過頭問。

張鷺等人想了想同時搖頭。

「怎麼了？」沈科問。

我指著牆上的一些手掌印說：「從這裡看來，她是扶著牆慢慢下去的，是不是突然生病了？」

他們三人對望了一眼。我沒有再言語，順著腳印一直走下去。

王楓慢慢到了一樓，然後走了出去。

「哼，她果然是先走了！」我不滿的冷哼了一聲。

沈科苦笑起來，「看來她或許真有什麼急事吧。」

「算了，我們也回家吧。」我有種被耍的氣惱，揮揮手領先翻牆出去了。

「夜不語，你不覺得有些地方很奇怪嗎？」回家的路上，張鷺眉頭深鎖，沉吟了好一會兒才問。

我氣不打一處來的說：「有什麼奇怪的！」

「我認識小楓已經有十年了，我敢肯定她絕對沒有膽子一個人從那棟樓下來，然後若無其事的走出去。而且即使她要走，也應該會和我們打一聲招呼！不可能這樣一聲不吭的！」張鷺疑惑的說。

我哼了一聲，「張鷺，一個人是永遠也不可能確實知道別人的思考方式和想法的。就算妳認識那個人已經非常久了，自認為她是妳最好的朋友甚至知己，但是或許有一天，也許妳的這個朋友知己，會毫不猶豫的出賣妳。」

「你是說小楓不值得結交？但就算她真的是不告而別，你也用不著這麼生氣吧！」張鷺吃驚的說。

我深深的望向她淡然道：「我是對事不對人！一個人往往從細微處就可以看得出他是怎麼樣的。哼，王楓她怎麼樣，我從今以後不想再提起了。」

「夜不語！」張鷺無奈的嘆了口氣，「前面有公用電話亭，我打去小楓家裡確認一下。」

「隨便妳，我要先回去了。」說完，我頭也不回的騎車走了。

那個王楓太過分了！枉費我們那麼擔心她！心裡還是有些氣憤，這種氣憤幾乎讓我的大腦不能正常的思考。好一會兒我才將雜念排出腦海，思索起今天發生的事情。

那五個房間唯一的共通處就是可以看到鐘樓，那麼自己應不應該按著這條線索調查下去呢？夜很濃了，我深深的吸了口氣。涼爽的空氣灌入肺裡，頓時感到精神大振。

「明天找沈科幫我查查那座鐘樓的資料吧！」我思忖著，但是卻絲毫沒有注意到，自己已然無意的讓某個東西醒來了。

那個黑暗的產物會一步步的向我們走近，伴隨著令人絕望的恐懼與死亡不斷的……不斷的……靠近！

第五章 蘋果

第二天，王楓並沒有來上課。

一大早，張鷺就跑到我的座位前大呼小叫，「夜不語，王楓生病了！」

我皺起眉頭說道：「我說過不想再提她的事情了，我不想聽！誰知道她是不是裝的呢。」

「你這傢伙總是這麼刻薄小氣嗎？！」張鷺氣呼呼的說：「今天早晨，她父母已經把她送進市立醫院了。就算這樣你還認為她是在裝病？」

「怎麼回事？」我表面上還是漫不經心，但是內心卻不安起來。

「就是不知道。」她惱怒的搖著頭，「伯父伯母都不告訴我，所以我們準備中午去探望她。唉，真的是好奇怪，小楓那傢伙一直都壯得像牛一樣，怎麼說病就病了呢？」

「的確有些奇怪。」我思忖著猛地抬起頭，「好吧，我和你們一起去。」

「真的！你真的要去？」張鷺頓時雀躍起來。

我微微笑著，「妳一大早在我跟前浪費這麼多口水，不就是這個目的嗎？」

「哎呀，我……呵呵呵呵。」張鷺一副用意被揭穿了的樣子，用力拍著我的肩膀。

這時，李嘉蘭和她的兩個忠實跟班，滿臉不爽的走了過來。

「阿夜，中午有空嗎？我們敘敘舊吧。」她用自認最美的笑面向我。

「哈哈，很不湊巧。雖然我很想，但是已經先和阿鷺有約了。」我急忙拉住張鷺的手。

嘿，鬼才要和妳敘舊，從來單獨和妳在一起，就沒有發生過好事。

「阿鷺？」李嘉蘭和張鷺同時叫出聲來。

李嘉蘭狠狠瞪了張鷺一眼，突然溫柔的輕聲對我說：「阿夜，你們的關係什麼時候變得這麼親密囉？」她瞥了眼張鷺又道：「雖然我們已經有五年沒有見過面，但是我想不到你的嗜好越變越奇怪，居然會和這種不男不女的人妖交往。」

「妳說誰是人妖？」張鷺火冒三丈的衝她吼道。

「哎呀，真對不起。我這個人一直都很老實，從來不說傷人話！」李嘉蘭捂著漂亮的嘴，故作驚訝道：「而且這麼覺得的人，似乎不只我一個吧，對不對，小娟？」

她左邊的跟班立刻開口道：「對！大家都說她很沒有教養，從來就不顧別人的想法，總是朝男生堆裡鑽，難看死了。」

右邊的楊珊珊也不甘落後的奚落道：「不但是這樣，她小學時還常常偷別人的東西。哼，有這種人當同學，弄得人家每天都心慌慌的，生怕自己的東西會被某人不小心『借』走了。」

「妳！妳們！」張鷺氣得說不出話來。

我緊緊的握著她的手，漫不經心的說道：「人總會犯錯，或許她的缺點真的很多，但是在我看來，總比那些亂嚼別人舌根的傢伙好多了。」

「你這是什麼意思？」黃娟憤恨的望著我。

「小娟，不准對他這麼凶！」李嘉蘭不滿的呵斥她，接著轉過頭，溫柔的對我笑著，「阿夜，你真的變了，從前你是絕對不會這樣對我的，什麼讓你變了這麼多？」

「還沒發現嗎？」我也溫柔的笑起來，「我已經十七歲，不再是那個盲從的小孩子了。」

李嘉蘭愣愣的看著我，許久才說：「你會後悔的！」

接著便轉身走掉了。

「對不起，如果不是我想利用妳擺脫她的話，她們的矛頭就不會指向妳了。」我抱歉萬分的說。

張鷺沒有說什麼，她搖搖頭，最後笑了，「一星期的午餐！如果你真的感到過意不去的話。」

「哇！這種時候妳都不忘敲我的竹槓！」我開始後悔同情她了。

張鷺嘿嘿笑著，「受了那麼多委屈，不回一點本怎麼行！」

「妳這個魔鬼……」

「啊——」

正要討價還價的我，突然聽到李嘉蘭的尖叫聲，我立刻跑了過去。

只見她驚恐莫名的慌忙打掉楊珊珊手中的紅蘋果，高聲呵斥道：「我已經說過了，不要在我面前拿出這種東西。這種東西……這種東西光看就覺得恐怖！妳居然還想把它吃掉！」她歇斯底里的用腳狠狠的將那個蘋果踩成泥，這才氣喘吁吁的停下。

李嘉蘭回過頭看見了我，哭了，「阿夜，你還關心我嗎？好可怕！真的好可怕！」她撲到我懷裡顫抖著，完全失去了先前的傲氣。

「妳在怕什麼？」我疑惑的問。

「是蘋果！那種東西……好可怕！」她喃喃地說著，竟然就這樣暈了過去。

蘋果？這種普通的東西有什麼可怕的？難道這是一種恐物症？

中午我和張鷺、沈科、徐露四人到了市立醫院。

在查詢台問了老久才找到王楓的病房，她居然是在腦神經科。我們在病房前碰到了她的父親，這個精神一向很好的中年人，竟然在一夜間變得蒼老。

「小楓怎麼樣了？」張鷺緊張地問。

伯父滿臉疲倦的搖搖頭，沒有說什麼。

「我們，可以進去看看她嗎？」我小心地問道。

伯父想了一下，緩緩的點了頭。推開病房的門，一陣難聽的笑聲就迎面撲過來。

「嘿嘿，蘋果，很好吃的，要吃嗎？」只見王楓拿著一顆鮮紅色的蘋果，在伯母的眼前晃來晃去，不斷地傻笑著。我們頓時傻了眼。

伯母苦笑著解釋道：「從今天早晨開始，她就變成這個樣子了，什麼也不吃，也不多說話。就是拿著那個蘋果耍弄著。」

「醫生怎麼說？」沈科問。

「醫生說楓楓的身體沒有什麼問題，可能是受到驚嚇了。」伯母滿臉擔心的說：「她奶奶說她怕是被鬼迷了，現在正到附近的廣安寺去找法師。」

廣安寺去找法師？為什麼一遇到超自然力量，人類總是喜歡借助子虛烏有的鬼神來慰藉呢？

「那麼，伯母，昨晚小楓回來的時候有沒有什麼異常的地方呢？」我略微有些不安。

伯母搖著頭道：「昨天她回來得太晚了，我們全家都先睡了，沒有想到竟然會發生這種事，如果她有什麼三長兩短，叫我們還怎麼活啊！」伯母說著說著不由得哭起來。

第一次看到大人哭的我，立刻手忙腳亂起來，「接班！」我拍拍張鷺的手，迫不及待的走開了。

走到王楓的病床前，我停下了腳步。

「嘿嘿，蘋果，要吃嗎？我削給你！」王楓抬起頭衝我傻笑著，她的眼神絲毫沒有光彩，就像整個人的靈魂都死掉了一般，讓人不寒而慄。

「好啊，那妳削給我好了。」我微笑著說。

「嘿嘿，那我削給你，我一定削給你。」王楓喃喃地傻笑著，她拿起水果盤裡的刀狠狠的插進蘋果裡，然後用力的絞著。

我連忙抓住了她的雙手。天哪！她是真的瘋了。

打擾了半個小時，我們才鬱鬱不快的離開。出門時我塞給伯母一張紙條小聲說：「伯母，如果真的要替小楓做法事的話，能不能通知我一聲？我是她的好朋友，真的很擔心她！」

有人說過我是小人，那或許是對的吧！我為了自己的好奇心，常常會說一些感人肺腑的謊言，也可以毫不猶豫的利用親情友情諸如此類的東西，而且我居然從沒有感到愧疚過。

王楓的事件真的很奇怪，顯而易見，她應該是在昨晚的那棟樓裡，看到了什麼駭人聽聞的東西才會嚇成這樣的。

還是說，她真的是被鬼附身了呢？

走在路上，所有人都各懷心事。

「你們覺得，小楓會不會是在那棟鬼屋裡受到驚嚇了？」張鷺疑惑地問道。

沈科和徐露同時點點頭，看來想的也是一樣。

「夜不語，你怎麼看？」張鷺轉頭問我。

我望著萬里湛藍的天空，吸了口氣，「誰知道呢？這個世界真的很大，千奇百怪的事情總是層出不窮。譬如蘋果這種普通東西，在今天已經因為它而發生兩件奇怪的事情了！」

「蘋果？這是什麼意思？」沈科不解的問。

我略微提及今天早晨的事情，然後說道：「李嘉蘭對蘋果的恐物症，以及王楓在這種意識不清的情況下，依然對蘋果有這麼強的執著，這到底有什麼涵義呢？我覺得我們恐怕應該換一種思考方式，來看待這幾天發生的所有事情！」

「你又來了！」張鷺苦笑道：「又想讓我們做什麼？重探那棟樓嗎？」

我微笑起來，「聰明！不過不是最近。我現在迫切想要調查的，是李嘉蘭和王楓為什麼會有這個共通點。李嘉蘭過去到底遇到過什麼，是不是和那棟樓有關？當然這兩個問題我會解決。我只是希望你們三個能盡全力，調查那棟樓的所有資訊，比如它的屋主是誰，還有那一百三十七人的死因，到底他們是不是自然死亡！」

「有沒有搞錯，這可是大工程啊！」沈科煩惱的捂住了頭。

「你們要搞清楚，我這樣做並不是為了滿足自己的好奇心！而是為了王楓。」我嚴肅的說：「解開這些秘密，我們應該就能知道令她發瘋的是什麼了，這樣的話，我們才會有辦法讓她回復。她，是我們最好的夥伴，不是嗎？」

在我激昂的語氣中，這三個年輕人開始熱血沸騰了。

「對！我們要用自己的力量解救小楓！」張鷺毅然的挺起胸脯說道。

單純的傢伙們！我搖著頭暗自笑著，但內心卻又不安起來。謎團似乎越來越多了，紅衣女、馬路上的小孩，那棟鬼屋、那個葬禮……還有鬼屋和鐘樓的聯繫，再加上今天發現的蘋果之謎。

唉，頭幾乎要爆掉了，這些看似沒有任何聯繫的東西，或許也是有著千絲萬縷的聯繫吧……

第六章  謎

這個世界上總是有許許多多的謎，有些謎是會隨著時間而解開，但有一些卻是永生永世也不會有答案。

「有沒有搞錯，你竟然請我這麼寒酸的東西！」沈科不可置信的看著眼前的那碗麻辣豆腐。這裡是小南街口的一家很小的豆腐店，就在不久前我遇到過紅衣怪女的巷子前。

「我的確答應了要請你四天的午餐，但是也說過請什麼要由我決定。嘿嘿，快吃吧，這裡的豆腐很出名的。物美價廉、童叟無欺。」我陰險的笑道。

「你……不會要連續請我吃四天吧？」沈科小心的試探。

我毫不猶豫的點頭，「聰明！我就是這麼想的！」

「你這個魔鬼！」他大受打擊的垂下頭。

張鷺立刻開心的指著他笑起來，「哈哈，還是我聰明。我早知道那傢伙不會這麼爽快了，根本就不給他機會加但書。喂，夜不語，明天我要吃海鮮！」

我用手撐著頭，衝那小妮子說：「雖然我的確是沒有提到這個條件，但是似乎也沒有說過不附加這個條件吧。嘿嘿，我看妳還是做好吃一個星期麻辣豆腐的心理準

備！」

找不到反駁的話，張鷺頓時傻了眼。

這回徐露高興了，她滿心愉悅的望著對面兩位做出埋頭痛吃神情的同學說：「還好我沒有讓他請我，不然就像你們一樣慘了。」

「小露的思考方式有問題！」張鷺恨恨的說道：「不管是什麼，別人掏錢吃的味道總是比自己掏錢吃來得好吧。哼，我一定要把那傢伙吃破產！老闆，再來十碗！」

「喂喂！」我望著她苗條的腰肢，大驚失色的問：「妳的肚子裝得下嗎？」

「要你管！你又沒有限制我吃多少，吃不了我打包帶回去，給我家的狗狗。」張鷺很不屑的說。

沈科的眼睛頓時一亮，「嘿，不愧是小鷺，原來還有這一手！老闆，給我二十碗，再打包二十碗。」

「你們這些傢伙。」本來想省一筆的我，無奈的看了看錢包，天哪，真是失算！站在一旁的豆腐店老闆，被我們逗得哈哈大笑起來，「哈哈，很久沒有看到像你們這麼有活力的年輕人了。」

「以前也有這種極度貪婪的人嗎？」我指著對面那兩個害我幾乎破產的王八蛋隨口問。

店老闆嘆了口氣道：「幾年前也有個像你們這麼有活力的女孩，心地又好，每天都無憂無慮的，她還常常來幫我打理店鋪。」

「哇！天底下竟然有這麼好的人，我怎麼就從來沒有遇到過！」我含沙射影的掃視著某兩個人問：「現在呢，她還來嗎？我真想見見！」

「夜不語好色！」張鷺不滿的嘟著嘴嚷道：「一聽到是女孩子，就想黏上去。」

我盯了她一眼，「哼，我是純屬尊敬和崇拜，只有妳這種人，才會把本人高尚的情懷往齷齪的方向想。」

「見不到嘍。」店老闆臉色黯然的沉聲說：「那女孩子在三年前就死了，就是在這條巷子被車輾死的，當時她正拿了啤酒瓶要去退……」

「什麼？」我和張鷺同時失聲叫起來。

我不知道她是為什麼叫，但是我卻是因為猛然想起了一件事情。當日遇到的那個怪女，她的手裡似乎就提著啤酒瓶。那……會不會就是她的亡靈呢？

「伯伯，那女孩死的時候，是穿什麼顏色的衣服？」我喉嚨乾澀的問。

「紅色。我一輩子都記得，那件連身裙是我過年時送給她的禮物，當作幫忙的報酬送給她的。」

張鷺顯然也察覺到了什麼，她用疑惑和震驚的眼神望向我。

「那麼您還記得，她死在小南街的哪一段嗎？」我渾身顫抖起來。

「是在中段。我把她扶起來時，她已經斷氣了。」

「可以麻煩您帶我去看看那個地方嗎？」

或許是看出了我表情異樣的激動，店老闆懷疑的望著我。

「我並沒有其他的意思，只是覺得那樣的女孩死了實在太可惜了。我想去瞻仰她臨死前的地方，就算是一種尊敬吧。」我蹩腳的解釋道，沒想到這些肉麻的話，居然也能讓那個老闆懷疑盡退。

他吩咐自己的老伴看好店，就帶著我們四個去了那地方。

「就在這裡了。」老闆指著小南街中段的一個地方。

沒有錯！確實沒有錯！我還清清楚楚的記得那一晚，他指的地方，赫然就是那個紅衣怪女消失的地方。

張鷺害怕得哆嗦起來，徐露和沈科雖然沒有直接目擊過這件事，但是事後聽我們講過，不由得也感到刺骨的寒氣浮上了背脊。

「伯伯，您知道那個女孩的名字和地址嗎？請務必要告訴我，我想去她家看看。」雖然有些不好啟齒，但我還是提出了這個唐突的請求，終於有些線索了，我怎麼可能輕易的放過呢！

那個老闆看了我許久，當然也想不出我會有什麼惡意，這才緩緩說：「她叫徐荸，從前是住在大南路九十七號的，但是自從她死以後，那家人也搬走了，我也不知道他們搬去了哪兒。」

我頓時驚駭莫名！天哪，大南路九十七號，那不就是鬼屋嗎？原來她也和那棟樓有聯繫。

看似亂麻般的謎團，一個接著一個的呈現出了共同點，再下來的就是去尋找答案了。

我雀躍起來，第一次清楚的感覺自己有能力解開這些困擾我很久的謎，那麼現在最重要的，就是解決蘋果和那座鬼樓的關聯了。

我暗自思忖著，或許李嘉蘭可以幫我解開這個疑問。

「張鷺，我恐怕又病了。」我埋下頭，在紙上寫了幾行字，遞給她說道：「幫我把這張請假條交給李嘉蘭，相信她一定知道該怎麼做！」

□

總是有些不負責任的縣政府，不負責任的將一些像是風景區的地方，規劃成毫無觀賞價值的公園，而且門票還貴得嚇死人。

當然，這個鎮的公園也不例外，心痛的支付了兩個人的門票錢，還要強裝笑顏的說：「沒想到妳真的蹺課和我約會。」

李嘉蘭可愛的笑著，「既然是阿夜要請我，就算有天大的事，我也會來的。」

「但是我真的值得妳這樣嗎？」我納悶的說：「我們已經有五年多沒有見過面了，五年，這個世界變了很多，我們也變了很多。」

「是啊。」李嘉蘭望著我嘻嘻笑起來，「至少，阿夜再也不是從前那個常常被人欺負的愛哭鬼了。」

「好啊，對不起嘛。人家又不是有意的，都要怪阿夜你那時長得實在太可愛了，我頭大了，「妳說得好像事不關己一樣，也不想想是誰一天到晚總是欺負我。」

讓我總忍不住想捏你一下。」

「天哪，難道那時妳就不會偶爾羞愧和感到良心不安嗎？」

「當然不會了，疼愛自己喜歡的人難道也有錯嗎？」李嘉蘭做出一副天經地義的表情。

「唉，我倒是寧願被妳討厭的好。」我大為頭痛。

她又笑了，「好可惜，不管你做什麼事，人家都絕對不會討厭你。」

「真的？不論我做什麼妳都不會討厭，也不會拒絕？」我眼睛一亮，不懷好意問道。

李嘉蘭臉一紅，隨後又毅然的搖頭，「不會，不論你做了什麼……」

「那麼，我想要吻妳呢？」我緩緩的向她靠近，最後幾乎到了鼻尖相觸的地方。

她的呼吸急促起來，女兒家溫熱的馨香不斷傳入鼻中。

我按捺著內心狂跳的急躁，柔聲問：「妳願不願意？」

她沒有說話，也沒有躲開，只是默默的望著我，美麗的眼神中，竟然有一種令我猶豫的執著，沁入心扉的幽香瀰漫在周圍，我幾乎要迷醉了。

只感覺她淡紅的唇離我越來越近，耳畔傳過一絲溫柔而又慵懶的聲音，「我願意。」

接著，她便靠入了我懷裡。

「停！」某個女高音叫起來，光聽那種刺耳的分貝，就知道一定是張鷺那小妮子。該死！她怎麼沒有乖乖的留在教室裡上課？

李嘉蘭滿臉不悅的盯著她，「又是妳！妳真的這麼喜歡阿夜嗎？」

「哼，誰會喜歡那個王八蛋！」張鷺十分不屑的說。

李嘉蘭大有深意的笑道：「那麼剛才妳偷窺得好好的，幹嘛還要跑出來打攪我們？」

「我……我……」張鷺臉紅起來，結巴了好一陣子才說：「我只是看不慣而已。妳都有未婚夫了，還在外邊亂勾引人，不怕對不起他嗎？」

李嘉蘭像聽到了莫大的笑話般哈哈大笑，笑得纖細的腰肢都彎了下去，「阿夜，好好笑！嘻嘻，你從沒告訴過她我是誰？」

我惱怒的搖搖頭，懶得作答。

「呵呵，好啊，那我告訴妳好了。我就是阿夜的未婚妻。我們從小就被父母指腹為婚。」她唐突的凝固住笑，又沉聲說道：「所以不相干的人，請快點走開。」

張鷺呆住了。她的嘴唇哆嗦著，難以置信的望著我。

「對不起，我從來沒有向你們提起，那是因為這件事實在沒有什麼值得誇耀的。」我不知所措的解釋道，雖然自己也不明白為什麼要向她解釋。

張鷺突然笑起來，她轉過身頭也不回的跑掉了。

「等等！」我急忙追了過去，邊追邊又轉頭對李嘉蘭喊道：「我告訴妳，婚約雖然是上一輩定下的，但是現在恐怕也取消了。」

「可是阿夜，我不會放開你的！永遠都不會……」李嘉蘭衝我迷人的笑了。

□

「對不起，是我把你的計畫搞砸的。」張鷺抱歉的低下頭。

「哇！妳沒有問題吧？發燒了還是患了什麼症候群？」我大為驚訝的問：「這簡直就不像是妳說的話。太像人話了！」

「你這是什麼意思？」她的臉沉下來，狠狠的擰了我一把。

我頓時放下心來，「嘿，原來還是妳。這就對了！」

「神經病！你果然有被虐待狂傾向。」張鷺噘起嘴巴嗔道。

我吐了一口氣笑了，「不過真的要謝謝妳！」

「謝我？謝我什麼？」她略微吃驚的問。

「當然是謝妳剛才阻止了我們。本來我還以為自己的定力足夠掌握大局的，但還是差一點被她玩弄在股掌裡，嘿，顯些就萬劫不復了。」我苦笑起來。

「不要再提那件事了，好丟人！」張鷺的大眼睛轉了一轉，又嘿嘿笑道：「不過如果你實在過意不去，想要稍微盡一些感恩之心的話，就請我一個月的海鮮吧。」

靠！竟然有這種人，果然是不應該同情她，正在我要顧左右而言他的時候，好不容易才從老爸那裡弄來的手機，非常合時宜的響了。

接聽完，我猛地抬起頭說：「李阿姨說明天晚上十二點會為王楓做驅鬼法事。怎麼樣，有興趣嗎？」

「小楓是我的好朋友。」張鷺望著我慢慢說：「我當然會去了。」

「再來……總之已經蹺課了，那麼我們去看電影吧。」我盤算著。

「你請客？」

「嘿嘿，當然是各付各的。別忘了你把我的計畫搞得亂七八糟的，害我什麼都沒有從她嘴裡套出來。」

「小氣鬼！」

「那妳是去還是不去？」

「去！當然去了。嘿，總之我要盯緊你回本。」

「妳這傢伙。」我實在對她是無語了。下午的計畫失敗了，既損失了錢又浪費了時間，不過，至少算把紅衣女的秘密解開了。

□

我一直都不懂，為什麼所有與靈異有關的活動都要在晚上舉行，難道鬼這種東西真的是暗夜之子，見不得陽光嗎？但是我遇到過的許多怪異莫名的事情，就偏發生在光天化日之下。

廣安寺是附近赫赫有名的寺廟，雖然我從來沒有去過，不過據說他們驅靈、祈福都非常靈驗，所以即使歷史並不怎麼長久，香火還是很旺。

聽張鷺說王楓的奶奶是常去那裡的居士，但是我依然想像不到，她竟然有面子可以把廣安寺的廟祝請來。不過我不想再描述那個廟祝是什麼來歷，本領法力有多高強了，因為這些我們統統都沒有看到，那場法事，根本沒有舉行。

王楓，她在住院第二天的下午，跳樓自殺了……

當時，我就在她身旁。

「楓楓，妳在幹什麼？下來，快下來啊！」伯父伯母驚恐萬分的抬著頭，死死望著站在七樓屋頂外側的女兒。

「該死，那傢伙本來就秀逗了，誰知道她會幹出什麼事。」我脫下外衣丟給張鷺，便朝樓頂爬去。爬上七樓，翻過邊緣的圍欄，來到了離她還有五公尺的地方。

「小楓，還記得我嗎？」我儘量做出微笑的表情。

「嘿嘿，蘋果，要吃嗎？很好吃的。」王楓雙眼迷離的望向我，咧開嘴笑著。

「好啊，我也很喜歡蘋果，妳拿過來給我。」我緩緩向她走去，左手儘量伸出，想要抓住她。

「嘻，偏不給你，這是我的。」她退後了幾步，將手中的蘋果緊緊抱在懷裡，依然笑著，但臉上的笑容卻沁透出令人不寒而慄的詭異。

「那我不吃好了。」我儘量拖延著時間，「我們聊聊。覺不覺得外邊很冷？我們回去好嗎？」

王楓沒有再搭理我，又繼續愣愣的望向遠處。

好機會！我再次繼續向她一點點的移動。

「我是小鳥。」王楓突然喃喃說道。

頓時，一種不好的預感充斥心中。

「我要飛走了。」王楓轉過頭說。

我看到了她的臉。天哪！她的臉上滿是痛苦和恐懼，而在那種絕望的表情下，嘴唇偏生又微笑的翹著，語音是那麼的愉悅。

「不要！」我拚命的向前一縱，但還是沒能抓住她。

她，已經跳了下去……這一輩子或許我都不會忘記那一刻。

王楓望著我，眼神拚命的向我求助，但是我終究什麼也做不了。只能任憑她掉下去，摔得血肉模糊……

我頹喪的走下樓，只感到全身都再沒有一絲力氣。

「我知道，你已經盡力了。」走過來本想要安慰我的張鷺哽咽著，最後終於忍不住撲在我懷裡痛哭起來。

「別哭，哭就是向那個東西認輸了。我們一定要為王楓報仇！」我強作冷靜的說。

張鷺頓時抬起滿臉淚痕的頭，驚然問：「什麼意思，難道小楓不是自殺？」

從沒有感到過這麼強烈的憤怒，我握緊拳頭一字一句的說道：「那一刻我看得清清楚楚，王楓，是被某些東西附身了！」

第七章 蘋果的傳說

這個疲倦而又古老的大地上，流傳著無數神秘古怪的傳說，蘋果也是其中之一。

李嘉蘭和蘋果的關係是徐露查到的，她有一個朋友是李嘉蘭國中的同學，而且碰巧知道這件事。

不過在講述這件事之前，我認為自己有必要將最近發生的一連串事件，再仔細的回想一次。

首先是補習時我和張鷺遇到了紅衣怪女，並在前幾天才調查到，她或許就是一個叫做徐葶的女孩的靈魂。

然後我和張鷺在開學的前一天，又遇到了第二件怪事——突然消失的小孩，那事件的十分鐘後，我們又參與了一場詭異的喪禮，說它詭異並不是沒有理由，第一，它沒有哀樂；第二，竟然沒有任何人知道它舉行過，就彷彿我倆同做了一場夢。

於是我調查了那個舉行喪禮的樓房，發現在建成後的七年內，居然由於各式各樣的原因死過一百三十七人，而且所有人都死在每層右側的第一個房間。

我理所當然的在好奇心驅使下，約張鷺、沈科、王楓以及徐露一起拜訪了那棟有如鬼屋的樓房。

那時，我發現市中心的老鐘樓與這棟樓似有聯繫，但王楓也在當晚被某種東西附身，最終在那東西的驅使下跳了樓當場慘死。

她死前曾對蘋果有一種非常古怪的執著，而李嘉蘭對蘋果的恐物症也讓我感到非同尋常。

在王楓死後的第三天，徐露幫我約了那個似乎知道些內情的女同學在咖啡廳見面。但見到她時，我卻感到非常驚訝！

「真的需要那麼吃驚嗎？」楊珊珊笑吟吟的望著因詫異而張大了嘴的我，在我對面坐了下來。

「我以為妳和黃娟是李嘉蘭最好的朋友。」我努力壓下誇張的表情說。

楊珊珊冷笑了一聲，「李嘉蘭沒有朋友，她也不需要。我和黃娟只是不幸被她抓到了把柄，才會讓她當傭人使喚罷了，其實心裡早就恨她恨得要死！」

我不置可否的點點頭，直接進入了正題，「聽說妳知道李嘉蘭恐懼蘋果的原因，可以告訴我嗎？她到底曾經歷過什麼事？」

楊珊珊沉下臉，「你約我就是為了問這件事？難道你還想幫你那個不可愛的未婚妻治病？」

我笑起來，「妳認為這種可能性有多少？」

楊珊珊呆了呆，最後緩緩說道：「那你是為了什麼？而且你大可不必問我吧，直接去找她不是更省力氣？」

「我當然有一些小小的不得已的原因了。」我用手指敲擊著桌面，「妳或許不知道，小學時我很不幸和李嘉蘭做了同學。當時每天都被她整得很慘，所以想稍微教訓她一次。」

楊珊珊不置可否的看著我，突然哈哈大笑起來，她吃力的捂著肚子，一邊笑一邊痛苦的說道：「嘿嘿，李嘉蘭，沒想到妳竟然也有今天。連自己最愛的人也恨妳，人做到妳這種地步，呵呵，還真的是需要很大的天分呢！」

她抬起頭對我說：「夜不語，很好！我會把一切知道的事情都告訴你，只要是讓她痛苦的事情，我通常都會很樂意去做的。」

我暗自嘆了一口氣，李嘉蘭這個小妮子，她的身旁竟然都是這種人，對她來說是幸還是不幸呢？

「不過我還有一個條件。」楊珊珊從類似歇斯底里的感性中清醒過來，她用手撐住頭衝我露出嬌媚的微笑，「如果你幫我這件事，我會給你任何報酬，甚至可以是我自己！」

我不由得有些冒汗，最近的美女都怎麼了，總是一副任君採摘的樣子。我怕哪天我真的會忍耐不住，做出一些有害健康的事情。

「在李嘉蘭寢室的梳妝檯抽屜裡有一封信，那是我寫的。請你幫我偷出來。」楊珊珊低聲說。

有沒有搞錯！進了她的寢室，自己還能出來嗎？我頭大的問：「如果我不答應呢？」

「你不會拒絕的。」楊珊珊嫵媚的撩動長髮，「因為你的好奇心比任何人都強。」

我苦笑道：「原來妳調查過我？」

楊珊珊甜甜的笑著，「我不是笨蛋，和一個人做交易，如果連他最基本的性格都不能把握的話，那這場生意還不如不做。呵呵，這一套我可是在你未婚妻身上學到的。」

「哼，既然妳也知道我很有好奇心，那麼妳也應該知道，我現在已經對妳的信非常感興趣了吧，妳不怕我中途把它拆開看嗎？」

楊珊珊笑容不改的說：「如果你實在對人家的情書感興趣的話就看好了，只要不公開，我才懶得在乎那麼多呢。」

「只是情書嗎？」我大為無趣的說：「那好，算我答應妳。」

楊珊珊凝視了我好一會兒，她確定我真的是答應了後，才緩緩的講述起來。我將她斷續的語言整理了一下，記敘了下來。

其實整個事件並沒有自己想像的那麼複雜。李嘉蘭發生恐物症的前因後果，一切，都要從兩年前那個關於蘋果的傳言說起。

當時校園裡很流行一種預測未來的方法。據說只要在晚上十二點整，在一間漆黑的房間裡點根白色的蠟燭，再在蠟燭前擺放一張鏡子，然後對著鏡子削大紅色的蘋果。如果能順利的將蘋果削乾淨，而還能保持蘋果皮全部連接完整的話，那麼就可以看到自己未來結婚的對象。

但是蘋果皮不幸斷掉了，你，就會死於非命。

李嘉蘭對此不屑一顧，於是她和那個總是唱她反調的倪美打了個賭。

倪美一直都是靈異怪談的狂熱者，她看不慣李嘉蘭那種令人反感的態度，就答應和她在第二天夜裡的十二點一起削蘋果，來證明流言是不是真實的。

可惜李嘉蘭不知是不是有意把這件事忘得一乾二淨，她當然沒有去削什麼蘋果。所以聽到倪美在約定好的當天晚上竟然死了，她嚇得昏了過去，從此後就討厭起蘋果來。

聽完後，我大失所望起來。這件事根本就和自己正調查的東西毫無關係嘛！

楊珊珊像是看穿了我的心思似的，她淡淡的問：「你不想知道倪美的家是在哪裡嗎？」

我全身一震，呆呆的望向她。

「倪美生前住在大南路那棟很出名的鬼屋裡，很有趣，對吧。」楊珊珊微笑著：「不知道這個附贈的小道消息，是不是可以稍微鼓勵你幫我那個小忙呢？」

「足夠了。我明天就到李嘉蘭的家裡，等我的好消息吧。」我猛地站起身向外跑去。

現在手中所有的資料都有了相關之處，就是那棟樓！

但我還是不太明白，它到底和蘋果有什麼關係。

□

下午上課時，沈科將一疊厚厚的數據甩在我桌上。

「這是全部？」我立刻翻看起來。

沈科點點頭，「那棟樓所有一百三十七人的死因都在裡邊。藉由這些資料，真的可以逮住那個東西嗎？」

我緩緩的抬起頭，沈科、張鷺和徐露都望著我。他們顯然還沒有從好朋友死亡的打擊中掙脫出來。

「一定！」我沉聲說：「我們一定可以把害死王楓的那個東西消滅掉，這是我夜不語的承諾。」

沒錯，如果不是因為我固執的拉他們去那個鬼屋，說不定一切都不會發生了。王楓，也絕不會死掉！

隨後，我將那個蘋果的流言告訴了他們，當然也提到了李嘉蘭恐物症的前因後果。

「明天是星期日，我會去李嘉蘭的家裡處理一點事情。」我漫不經心的說道。

張鷺立刻大驚失色的叫道：「不行！絕對不行。你要是和她單獨在一起，用膝蓋想也知道會發生什麼事情！」

我不滿的說：「妳就算不相信我，也應該相信我的自制力吧！」

「那就更不可靠了！」張鷺那傢伙竟然非常不屑的說：「上次也不知道是誰，差點走進人家的陷阱裡。」

「嘻嘻！」徐露突然偷笑起來，「小鷺妳這麼緊張幹嘛？難道……嘻嘻。」

張鷺頓時滿臉緋紅，她氣惱的大聲說：「小露，再說人家就不理妳了。哼，臭夜不語，你要去就去好了，我才懶得再管你的閒事！」說完就生氣的走開了。

女人……唉，越來越搞不懂她們是什麼生物了，我苦笑的繼續看起手上的資料。腦子不斷飛快的轉動著。

楊珊珊對我講的事，聽起來總像有許多不實之處，還有她那封掌握在李嘉蘭手中的情書，我才不會天真的認為那是一封單純的情書呢！裡邊肯定有問題，不然她不會費那麼大的功夫調查我，還對我說盡謊話，說什麼想看就看好了，她不在乎。

如果我不知道她調查過自己的話，說不定我真的會原封不動的把信還給她，不過現在……

我的眼睛依然不斷的掃視著資料，突然，我呆住了！

第八章 賭博

第二天是星期六，我一早就去了李嘉蘭家裡。李叔叔和我老爸是年輕時代的好友，雖說現在來往已經不那麼頻繁了，但他們還堅持十幾年前那個指腹為婚的約定。

唉，真是搞不懂，這些酸腐的知識份子到底在想什麼。

「哎呀，竟然是小夜！真是稀客。」開門的是李阿姨，她捂著嘴笑道：「好多年不見了，沒想到小夜都長得這麼帥了！快請進來。」

「阿姨，我是來找嘉蘭的。」發現李阿姨正用看女婿的熾熱眼神望著自己，我趕緊說出目的。

「小蘭啊？她在房間裡，你去找她好了。呵呵，我和你叔叔正要出門呢，你們兩個年輕人在家裡好好聊聊。」李阿姨眉開眼笑的狠狠踩了還端坐在沙發上、來不及說話的李叔叔一腳。

這個一家之主只好垂頭喪氣的苦笑道：「是是，哈哈，小夜今天就好好陪著小蘭，她一直都很掛念你。」

天哪！看來這個家和我家有得比了，都是「妻管嚴」，聽到響動的李嘉蘭跑下樓來。

「是阿夜！你來看我嗎？嘻嘻，我好高興喔！」她開心的挽住我的手，將我拉進了自己的房間。

說實話，我也進過許多女孩的房間，但是卻從沒有見過如此特殊的。

李嘉蘭的房間就像患有潔癖般一塵不染，整間房間的色調是粉紅色的，很有女孩子的溫馨感，最顯眼的是左邊角落的一架粉紅色的進口鋼琴。

「阿夜，從小你就很喜歡聽鋼琴曲，對吧。」李嘉蘭坐到那架鋼琴前，輕輕的彈奏了幾個音符接著說：「於是我就央求媽媽給我買了這架鋼琴，我一直希望自己可以每天都彈曲子給你聽。」

我坐到她的床上，絲毫沒有感動，偷偷瞥了梳妝檯一眼。根據從前的經驗，李嘉蘭這個女人的話是聽不得的，她說得越動聽，就會把你害得越慘不忍睹。

「啊，對了。都忘了阿夜要喝些什麼！」李嘉蘭慌忙站起身來。

「咖啡好了。」我隨口說道。

「那阿夜等我一下。」她走了出去。

好機會！我飛快的竄到梳妝檯前，打開抽屜翻尋起來，不久就找到了一個寫著楊珊珊名字的白色信封，信封裡摸起來似乎還有一封不厚的信。

看來就是這個了！我思忖道，將這個信封塞進了內衣的口袋裡。

「阿夜。你在找什麼？」一個溫柔的聲音突然從身後傳來，我嚇了一跳，駭然轉過頭。居然是李嘉蘭，她兩手空空，臉上雖然依然帶著甜甜的笑，但眼神卻冷得可以讓人凍結。

我收起驚惶的神色，不慌不忙的說：「我只是想看看自己的未婚妻通常用什麼化妝品而已。我本來想在妳生日時，送妳一個驚喜的，哈哈，失敗，竟然被發現了！」

「喔？」冰冷的眼神突然融化了，李嘉蘭嬌嗔的挽住我的手：「阿夜。好高興你還記得我的生日，嘻嘻，雖然明知道是謊話，但我還是好高興。」

「妳就這麼不信任我嗎？」我苦笑道。

李嘉蘭呆呆的凝望著我，嘆了口氣，「阿夜，我太瞭解你了，每次說謊的時候，你的耳朵都會顫抖幾下，而且你總認為人家的閨房是鬼門關，沒有目的絕對不會來的。不過，我不會問你來的目的，只要可以見到你，我就很快樂了！」

唉！完全被她看透了。我大捂其頭，她到底對自己有什麼陰謀？

「我的咖啡呢？」我岔開話題問。

「還在煮呢，阿夜從來就不喝即溶咖啡吧。」

李嘉蘭把頭輕輕的倚在我的肩上，雙手緊緊的抱著我的手臂，緊得我完全可以感覺到來自她傲人雙峰的柔軟觸感，那種刺激的感覺，直叫人一陣酥麻，我的腦子轟響著，幾乎要爆炸了。

「阿夜，為什麼你從來就感受不到我的愛呢？」李嘉蘭輕輕說道：「從小我就努力的愛著自己的未婚夫，只愛他一個。」

她秀美的髮絲掠過我的鼻尖，鼻子癢癢的，也理所當然的嗅到了一種女兒家的馨香，我口乾舌燥起來。

「我從來就只對他溫柔，也可以為他付出一切，但是他卻總是躲避我，總是和我作對，卻從沒想過，我所做的一切其實都是為了他！」她揚起頭，環抱住我的脖子。

「吻我好嗎？吻我這個已經傷痕累累的未婚妻。」

她淡紅的嘴唇緩緩的貼近我，眼中閃動著霓虹似的流彩，我早已全身麻木了，呆坐著，雖然明知道被她吻到會有未知的可怕災難，但是卻完全不能動彈。

「夜不語！你這個欠錢不還的傢伙快給我滾出來！」

一聲驚天大吼，非常合時宜的響徹了整條街，我頓時清醒過來，輕輕推開她，拉開了窗簾。

「又是那個女人！」李嘉蘭生氣的皺起眉頭。

只見張鷺那個小妮子不知從哪裡弄來了一個擴音器，絲毫不管行人眼神，正向這個窗戶喊叫著，我立刻衝她比了個V字形。

「上次跟那個傢伙借了一塊錢，沒想到竟然會被她追到這裡來！」我邊向李嘉蘭解釋，邊往樓下跑，「所以嘉蘭，很抱歉，我要走了。」

李嘉蘭沉著臉走到窗前，滿臉惱怒的道：「張鷺，妳真的喜歡阿夜嗎？妳沒有權利喜歡他，而且，我絕對不會讓妳把他搶走。」

「我早就說過了，我才不會喜歡那個混蛋！」張鷺辯解道。

「妳要知道，我、阿夜和妳，我們就像三條直線一樣。」李嘉蘭像是絲毫沒有聽到張鷺的話，自顧自的說道：「妳和我這兩條直線，永遠只能有一條能與阿夜交錯，另一條必須得分道揚鑣！我看我們有必要進行一場比賽，一場以阿夜作為賭注的比賽，輸的人就要從阿夜的生命中永遠消失！」

我拚命的向張鷺搖著頭，雖然很不甘心，但是我不得不承認，李嘉蘭在任何方面都是天才。自小就沒有人在任何方面贏過她，而自認智商很高的我，也常常被她玩弄在手心裡，張鷺這個單純的傢伙，是沒有絲毫勝算的。

張鷺眼睛一眨不眨的凝視著李嘉蘭，許久，她緩緩的點了頭，「我答應！不過比賽的方法要由我決定。」

天哪！那個小妮子到底在想什麼，這可是一面倒的比賽啊，我暴躁的直想一腳向她踢過去。

「隨便妳。」李嘉蘭傲然的答道。

「很好。」張鷺嘴角浮起一絲神秘的笑意，「那麼我們就在後天晚上的十二點，到倪美死掉的那個房間削蘋果，如果誰先削完，而蘋果皮又沒有斷掉的話，那就算贏了。」

李嘉蘭沉默了。

「怎麼，剛才妳不是很狂妄嗎？現在害怕了？」張鷺諷刺道。

「好，我答應！」李嘉蘭平靜的望向我，嘆了口氣，說道：「阿夜，我要你知道，我到底有多愛你！」

第九章 信

「混蛋！妳到底在想什麼！」我氣惱的對張鷺吼。

張鷺那個小妮子竟然笑起來，「呵呵，我還是第一次看到你這麼驚慌失措呢。不用擔心我吶，讓一個患有蘋果恐懼症的對手，在她最畏懼的地方削蘋果，我鐵贏的！」

「妳根本就什麼都不明白！」我頭痛的凝視著她，緩緩說道：「我根本就不在乎妳們賭什麼，也不在乎妳們誰會贏，只是妳什麼地方不選，偏偏要去那棟樓削蘋果。妳知道嗎？雖然不知道為什麼，但是在那棟樓所有死掉的人，或許全都和蘋果有關！」

「你太危言聳聽了吧。」張鷺皺起眉頭。

「那妳看看這些資料。」我將昨天沈科給我的資料遞給了她，又說：「注意打圈的地方。」

「哇，都是好幾年前的剪報！」張鷺邊看邊唸道：「七月九日，三樓三號的王老太太因蘋果哽在喉嚨裡，窒息而死。

「四月十七日，五樓三號的李冰在削蘋果時誤割到頸部動脈，因失血過多，搶救無效後死亡。

「六月五日，二樓三號的戶主張奪豐跳樓自殺，當時他的手裡握著一個蘋果，但沒人知道他這樣做的涵義。有知情人士聲稱張某實為他殺，而手握蘋果，是想告訴他人犯罪者是誰。

「三月十三日，三樓三號的徐荸，在小南街因遇車禍而死，但死因古怪……」

沒看幾頁，張鷺全身早已害怕得哆嗦起來。

我抓住她的雙肩說道：「還有一件事我不得不告訴妳，在王楓死後，妳有沒有想過那棟樓裡的東西為什麼會選擇她，而不是其他的任何人？」

「難道……也是因為蘋果？」張鷺小聲的確定道。

「沒錯！根據徐露的回憶，王楓在那天晚自習時，曾帶了幾顆蘋果來。這也就表示在進入那棟樓後，她的口袋裡或許還有沒有吃完的蘋果！」

「不！不要再說下去！」張鷺害怕的捂住了耳朵。

我嘆了口氣說道：「所以妳必須去找李嘉蘭，把那場無聊的比賽取消掉。」

「但是像她那種倔強好強又讓人討厭的人，怎麼可能會答應嘛！」張鷺大為苦惱。

我笑道：「既然妳也說過，讓一個患有蘋果恐懼症的對手，在她最畏懼的地方削蘋果，妳肯定會贏的，那麼聰明如李嘉蘭那樣的女子當然也會想到，所以只要妳給她台階下，一切都好辦。」

「真的會這麼簡單？」張鷺疑惑著。

「妳真的這麼想去那裡削蘋果嗎？」我問。

她立刻搖頭道：「鬼才想去，光用想的就滿身雞皮疙瘩了！」

「那就立刻行動！」我說道：「下午我還和幾個人有約會，抱歉不能陪妳。」攔了輛計程車，我突然想起了什麼，把頭伸出車外衝她喊道：「還有，今天謝謝妳的大嗓門了。」

「死夜不語，竟然說我這個美女是大嗓門！」

張鷺轉過身狠狠的向我揮舞著拳頭，我頓時大笑起來。

不知為何，突然感到一絲莫名的落寞，怎麼？又會有什麼不好的事情就要發生了嗎……

□

走進學校附近的咖啡廳時，沈科和徐露已經到了。

我笑道：「你們還真是積極啊。」

沈科喜笑顏開的說：「哪裡，難得小夜要請我們這麼『貴』的東西！」

「你還真是個記仇的傢伙。我不就請你吃了四天的麻辣豆腐嗎，連話裡都帶著酸味了！」我啐道。

沈科不滿的沉下臉，「你害得我家裡全都是豆腐的臭味，我說的話還能不酸嗎？」

我頓時哈哈大笑起來，「都怪你太貪心了，每天都打包二十碗，放在家裡不臭才怪。」

「嘿，不過我也夠本了。」沈科怪笑道：「好了，言歸正傳，約我來有什麼事情嗎？」

我將厚厚一堆資料放到桌上，「我想知道，這些玩意兒你是怎麼收集到的？」

沈科查看了一眼，緩緩說：「這些東西不是我收集的，我去查的時候，不小心在資料館的老雜物區裡翻找到的，因為覺得很詳細，就影印了一份給你。」

「靠！你這傢伙不是說廢了很大的功夫嗎？簡直就是用漫天大謊來欺騙我的錢包嘛！」我用一副吃人的臉盯著他。

沈科躲到了徐露身後，嘿然道：「嘿嘿，我是花費了很多心力啊，你不知道影印費花得我有多心痛！」

好不容易才忍住想要掐死他的欲望，我猛喝了一口咖啡，「算了，像我這麼仁慈大度的人，當然不會計較這麼多，我想再請你幫我調查一件事情。」

「一個星期的燒烤！」

嘿，那傢伙果然是死性不改，我用殺死人的眼神溫柔的籠罩他，把手指扳得劈啪作響，然後慢條斯理的說：「我要你幫我查查，收集這些資料的人到底是誰，然後告訴我他的聯絡方法！」

「這對王楓的死有什麼幫助嗎？」徐露疑惑的問。

「我不知道。」我思索著，「但是有一點我可以肯定，那個人一定和我一樣，對整件事非常好奇，他一定對那棟樓和蘋果的關聯有獨特的見解，甚至知道真正的原因。」

沈科和徐露走後，我又叫了一杯咖啡。在這裡，我還需要等待一個人的到來，這是個很關鍵的人物。在計程車上時，我就拆開了那封所謂的情書，沒錯，那的確是封情書，不過並不太普通。我在它的字裡行間，竟然發現了一個非常有趣的秘密。

半個小時後，楊珊珊走了進來。

「找到了嗎？」她坐到我對面，要了一杯檸檬汽水。

我對她比了個V字形，將那封信放到桌上，楊珊珊迫不及待的打開信確認，最後長長吁了一口氣。

「如果哪天想要報酬的話，可以隨時找我。」她對我嬌媚的笑著，飛快的喝完汽水就要離開，我一把抓住了她的手。

「我現在就想要報酬。」我陰森森的笑道：「陪我到公園去走走，好嗎？」

楊珊珊挽住我的手，走在九月的林蔭下，她對我甜甜的笑著，但眼神中卻有些許不屑，或許是我的樣子，被她誤認為太色急了。

我神秘的笑了笑，將嘴湊到她耳邊輕聲說：「現在，妳可以講真話了吧。」

楊珊珊頓時大吃一驚，但立刻又收斂起驚惶的神色，可愛的銜我吐了吐舌頭，「小夜好壞，人家不是什麼都告訴你了嗎？」

「是嗎？」我大有深意的笑道：「假如妳認為比我更瞭解李嘉蘭的話，那麼妳就太不瞭解我了。那個聰明的恐怖女人，是沒有太多感情的冷血動物，她才不會為因為某個人死掉而大受打擊呢，妳講的故事裡，破綻實在太多了。」

「你太多疑了！我沒有對你說謊，你再這樣我可要翻臉了。」楊珊珊沉下臉，她放開我的手就要離開。

我又抓住了她，「嘿，妳的那封情書，我在等妳等得很無聊時，不小心把它看了幾遍，真的是很有趣呢！」

「什麼！」楊珊珊驚訝的望著我，突然又笑起來，「小夜，你真的是很可愛，可愛到別人的情書都要亂看。不過無所謂，這不過是我寫的第一封情書罷了，很有紀念價值哦，我只是想要把它收藏起來。」

「那麼既然是不太重要的東西，為什麼要大費周章找我去偷回來呢？」我死死盯著她，不放過她臉上的任何變化。

「那是因為我愛上了一個李嘉蘭討厭的人，她就把我的情書偷了，不肯還給我！」楊珊珊黯然。

「不但不肯還給妳，還就此作為要脅，把妳當奴隸一般的使喚，對吧！」我淡淡的說：「妳愛上的是一個女孩，她的名字，應該是叫做倪美吧！」

楊珊珊震驚的抬起頭，「你！你怎麼會知道。我在信裡根本就沒有提到過這些！」

「因為已經有人告訴我了。」楊珊珊再狡猾，也終究只是個十六、七歲的女孩子。這個年齡層的孩子，聰明狡猾程度可以與李嘉蘭比肩的實在寥寥可數，她當然不是其中之一，所以又哪裡是我的對手！

其實在昨天，我就發現楊珊珊在提到倪美這個名字時臉色有些怪異，今天看了她的情書，竟發現那是寫給女孩子的，我理所當然就聯想到了那個兩年前死掉的女孩。

「是李嘉蘭告訴你的？」楊珊珊頹然問。

「還有誰知道嗎？」我淡然笑起來。

她陰沉的盯著我，直到我幾乎要在她的視線中凍結了，這才陰森的笑道：「好，真的很好。夜不語，我太低估你在那個三八心裡的地位了。嘿，既然她不仁，那也就不要怪我不義了。

「我可以把那天晚上發生的事情都告訴你，我看到了什麼，倪美到底是怎麼死的。我統統都會告訴你！」

我坐到樹蔭下，靜靜的看著楊珊珊痛苦的回憶著那一晚。

根據調查，倪美是死於心臟衰竭。換言之便是嚇死的，那麼，那一晚到底發生了什麼事？它到底是不是我想像中的、可以解開所有謎團的答案呢？

我突然有些激動了。

第十章 倪美之死

「死人也有過去，那代表他們曾生活過的證據。但是他們卻絕對沒有將來，將來只是活著的人的特權。」楊珊珊的故事是從這句莫名其妙的開場白開始的，她神情恍惚的靠在樹上，慢慢講述道：「其實昨天我對你講的故事確實不太完整，因為倪美，她是被我們嚇死的！」

「什麼！」我大吃一驚。

楊珊珊淒涼的笑著，「你沒有聽錯，那全都要怪李嘉蘭！」

□

兩年前的那天……

「倪美，妳為什麼要答應那個三八？」楊珊珊焦急的追問身旁的那個女孩。

倪美疲倦的笑了笑，「我能不答應嗎，阿蘭說只要我贏了她，她就做我的朋友！」

楊珊珊嘆了口氣，「妳就是對人太溫柔了，所以才總是被她欺負。」

「但是我真的很羨慕她，人又聰明，又漂亮，成績也很好，她是個非常完美的人！」倪美呆呆的望著遠處，「真想，真想和她做朋友。」

「傻瓜！妳明知道她根本就不需要朋友，她只會親近可以利用的人，將對方榨乾後再去找下一個受害者。這種人做作又可笑，妳竟然會羨慕她！」

「但是，我總覺得她一定很孤獨吧。」

「孤獨？那個三八哪裡孤獨了，每天身旁都圍著一大堆狗眼看人低的男生。我看她快樂得很呢！」楊珊珊不屑的說。

「是嗎？總之，我要贏！」倪美突然笑了起來，她自信滿滿的舒展開手臂，躺在草地上。

楊珊珊又嘆了口氣，這個女孩，她到底迷上了李嘉蘭的哪點啊，竟然像著魔一般。那天下午很快就過去了，李嘉蘭有意無意的出現在楊珊珊回家必經的路上。

「對不起，上個星期我不小心撿到了一封像情書的東西。也不知道是誰的！」她一邊露出甜美的笑容，一邊將幾張複印紙遞給了楊珊珊。

楊珊珊頓時呆住了，那當然是自己的筆跡，一直她都習慣將心底的思想和苦惱統統寫出來，然後再燒毀掉，雖然她明知道這樣的發洩方式並不好，很容易被人抓住把柄，但是卻總又改不掉。

那封信的確是自己寫的情書，但是卻不是給男孩子的，而是給自己最好的朋友——倪美。楊珊珊自認不是同性戀，但是不知道從什麼時候起，倪美的身影就深深的進入了她的腦中。

當自己發現對她的感情已經超出了朋友的界限時，她已經無法自拔了！楊珊珊開始為自己的不正常害怕起來，但是又偏偏控制不住自己的想法，於是她寫了這封永遠也不會寄出去的情書，可她卻捨不得立刻燒掉，於是就愚蠢的帶在了身上。

就在一個星期前，那封信不小心在操場弄丟了，楊珊珊開始時也心急如焚的到處找過，但是由於並沒有署名，也就慢慢的不怎麼放在心上了，可是現在，最糟糕的情況出現了，那封信竟然要命的落到了李嘉蘭手裡！天哪，誰知道後果會變成怎樣！

「這封情書真的很有意思！」李嘉蘭依然笑著，她天真的偏起頭問：「妳是什麼時候開始變成同志的？嘻嘻，難怪那麼多帥哥向妳表白妳都不甩，原來是有那種嗜好啊！」

「那妳呢？」楊珊珊氣怒的瞪了她一眼，「要求和妳交往的男生，比我的多幾倍吧，為什麼妳也總是拒絕？哼，難道是有某種生理缺陷？」

李嘉蘭絲毫沒有生氣，她眨巴著美麗的大眼睛愉悅的說：「放心，我們是好朋友，我當然不會到處傳朋友的謠言。當然，那只限在我心情很好的情況下。呵呵，妳知道我心情一不好就喜歡亂說話，嘴巴也變得不是很緊。」

「哼！不要拐彎抹角了，妳到底想要我做什麼？」楊珊珊不是笨蛋，她當然知道李嘉蘭的醉翁之意。

李嘉蘭燦爛的笑容突然停止了，她狠狠的扯下一片梧桐樹葉，將它扔到地上，一邊踩著，一邊慢條斯理的說道：「妳的情人真的很討厭，每天都像寄生蟲一樣的跟著我。我覺得我們是不是應該考慮輕微的懲罰她一下呢？」接著，她壓低聲音對楊珊珊說了幾句話。

「我……我做不到！」楊珊珊頓時大驚失色。

李嘉蘭冷笑著說：「一個太快的決定通常都不是個好決定，要不要我幫妳分析一下這個決定為妳帶來的後果？

「妳知道，我這個人一向都比較消極，不懂那些積極的手段，我頂多把這封信貼到校門口的佈告欄，然後再向全校那些喜歡八卦的先生女士，慢慢解釋這封信的前因後果，和一些心理變態者的行為標準，呵呵，這樣似乎也滿好玩的，不過到那時倪美會怎麼想呢？她還會接受妳這個『好朋友』嗎？」

楊珊珊再次呆住了，她並不在乎其他人是怎麼看待自己的，但是如果讓倪美知道了，倪美還會讓自己接近嗎？她一定會厭惡自己吧！

「妳好好想想吧！被一個人討厭，那還有被原諒的一天，但是被一個人厭惡甚至深惡痛絕的話……」李嘉蘭輕輕的笑著，她明白自己就要成功了，「那麼，就再也沒有什麼所謂的明天了！」

對啊，如果倪美再也不理自己了，那種感覺，真的比死還痛苦！

「我錯了！錯得非常厲害！」楊珊珊終於屈服了，她喃喃說道：「妳不是個讓人討厭的三八，妳簡直就是魔鬼！」

「謝謝誇獎。」李嘉蘭燦爛的笑起來。

第二天下午。

「倪美，今天妳父母出差都不會回來吧？」回家路上，楊珊珊不經意的問走在身旁的倪美。

倪美點了點頭，「對啊，真討厭呢！」

「我想妳可能會害怕，所以已經跟家裡說，今晚我會住在妳家陪妳！」

「不用這麼麻煩啦，我爸媽常常出差，我都已經習慣了。」倪美輕輕說。

「傻瓜，我們不是朋友嗎？竟然這麼見外。」楊珊珊裝出生氣的樣子。

倪美急忙擺著手道：「好，好。我答應就是了，妳不要動不動就生氣嘛，小心臉上長皺紋，那就沒人肯要了！」

「呵呵，那我嫁給倪美就好了。」楊珊珊笑嘻嘻的說。

倪美臉紅耳赤起來，柔聲說：「我才不要娶珊珊，又懶又貪睡，更重要的是我可不想被妳的那群追求者殺掉！」

「呵呵，只是開玩笑而已。倪美那麼認真幹嘛？」

那夜。

破舊的鐘樓緩緩而又沉悶的敲響了十二下。和李嘉蘭打賭的時間終於到了。

還是在萬籟俱寂的時間中，倪美害怕吵醒熟睡中的楊珊珊，於是輕輕的起床，走進了廁所裡。她鼓足勇氣關掉廁所的燈，接著在洗手台的鏡子前，點燃了一根白得可怕的蠟燭。

在搖爍不定的燭光裡，倪美略微緊張的臉顯得有些猙獰。

「好了！就要開始了！」女孩深深的吸了一口氣，再次鼓勵著自己。接著，她拿出了一把水果刀，以及一顆鮮紅的蘋果。

「ＯＫ！我絕對不會慌張！絕對會一次ＯＫ的，李嘉蘭輸定了！」她一邊喃喃自語，一邊開始用水果刀削起了蘋果。

刀慢慢而又仔細的將果肉和果皮分離開，不厚一分，也不薄一點，只是堪堪的將果皮連住。可見她為了今晚的事不知練習了多久！

呈螺旋狀的鮮紅果皮一點一點的在昏暗的蠟燭光中變長，倪美聚精會神的削著，也許是眼神太過於專注在刀上了，絲毫沒有發現垂下的果皮正散發著一種怪異……一種令人毛骨悚然的怪異……

「呵呵，就快要削完了！」她用毛巾擦了擦額頭的汗水，不知為什麼，雖然整個過程不過才一分多鐘，但是卻總覺得比跑完五公里還累。

還剩下一圈果皮就可以和果肉完全分離開了，倪美顯得更加小心翼翼。

她拿著刀仔細的削著，就像在雕磨一顆無價的寶石。

就在這時，一隻老鼠從廁所的一端跑了出來！本來就神經緊張的倪美嚇得尖叫一聲，本能的將手裡的東西向老鼠扔去。下一刻等她清醒過來時，一切都已經完了！她努力的成果被摔成了好幾段。

靜……無盡的寂靜充斥在黑暗中，猶如一張無形的爪子死死的掐住了人的脖子。

倪美愣愣的站著，一動也不敢動。不知過了多久，倪美突然哈哈大笑起來！

「呵呵，根本就什麼事也沒有發生嘛。這些傳聞本來就是騙人的東西，哈，剛才我竟然還傻得差點相信了！哈，那隻臭老鼠，看我明天怎麼對付你！」

她笑著，不斷的笑，就像一生也沒有這刻這麼開心過，但她的內心深處卻總是有種揮之不去的恐懼……

突然，一股惡寒從她的後脊向頭頂擴散去。

倪美打了個寒顫，緩緩的轉過頭，天哪！赫然有三個渾身沾滿血跡的白衣女子，搖晃不定的站在她身後，那種安靜如死的詭異氣氛，那三張沒有絲毫生命力的臉孔，讓倪美本來就已經繃緊了的神經超過了極限。

她慘叫一聲，昏倒在了地上。

她，就這樣帶著膽裂魂飛的樣子，被嚇死了……

□

楊珊珊呆呆的望著遠處，她的臉毫無表情，就連心似乎也在這一刻死掉了。

過了許久，她才繼續講道：「那三個鬼當然是我、李嘉蘭和黃娟裝出來的。當我們發現倪美不再有心跳的時候，大家都害怕起來。只有李嘉蘭還非常的鎮定，她壓低語氣，對我倆說了這段讓我一輩子也不會忘記的話——

「她說，死人也有過去，那代表他們曾生活過的證據，但是他們卻絕對沒有將來，將來只是活著的人的特權，所以我們有選擇將來的權利。

「今晚的十二點，我和小娟都在自己的房間裡熟睡，我們在放晚自習以後就都沒有再出過門。而珊珊在倪美的家裡睡，但是明天早晨醒來後，妳竟然發現她倒在廁所裡。她身上沒有任何外傷，只是手裡拿著一顆削好的蘋果，而且梳妝檯上還有燃盡的蠟燭，在這種情況下，妳們認為那些聰明的員警會想到些什麼呢？

「本來嚇得哆嗦的黃娟頓時眼睛一亮，她說：『當然是下意識的想到，她是在玩某個遊戲時，因為神經緊張而引起了心肌梗塞。』

「當時我立刻叫出聲來，說：『我不要！在這間有死人的房子裡睡覺，我好害怕！而且我根本就不可能裝作若無其事！』

「李嘉蘭臉色一沉，她的表情寒冷得可怕，聲音偏又非常輕柔的說：『我從來不喜歡強人所難，妳當然可以選擇是舒適的睡在倪美的床上，還是和她的屍體躺在一起！』

「望著她的樣子，我又屈服了。李嘉蘭當時的可怕神情，我甚至到現在都還記憶猶新，如果我不答應的話，她真的會殺掉自己！」

楊珊珊苦笑道：「第二天，員警來了，然後所有的事情真的就如她預料般的順利。倪美被判定為急性心肌梗塞，然後學校也從那天起，開始禁止學生進行任何有關此類的活動了。好了，我把所有知道的都告訴你了，滿意了嗎？可以放我走了吧！」

「我，真的可以相信妳說的話嗎？」思緒更亂了，我撓著頭問：「而且這麼重大的事情，妳憑什麼毫無保留的告訴我？」

楊珊珊凝視著我，一字一句的說道：「這件事已經憋在我心裡快兩年了。我只是想讓自己輕鬆一點，最重要的是，我想報復李嘉蘭。我恨她，恨她害死了倪美！

「你知道嗎？我之所以還獨自活下來，就是希望有一天能害得她名譽掃地，讓她痛苦，當我知道她一直都很在乎你的時候，我甚至還想勾引你，不過我明智的放棄了。」

她嘆了一口氣：「幸好我放棄了，因為你也是個不折不扣的魔鬼，或許是個比她還更難對付的惡鬼。」

「妳太過獎了，我可承受不起。」我苦笑連連，「而且李嘉蘭根本就不可能會在乎我，我倒認為她在進行什麼陰謀呢……」

突然一道靈光閃入腦海，再次見到李嘉蘭時，她的舉動實在跟以前差別太大。

雖然相隔了多年，但這種變化也真的沒有道理，難道她的這些舉動，實際上都是掩人耳目的煙幕？

難道她偶然間發現我在調查倪美死去的那棟樓，她瞭解我的好奇心，害怕我遲早有一天會發現是她們嚇死了倪美，所以才費盡心思弄得迷霧重重，讓我沒有辦法接觸真相？

嘿，如果是這樣，李嘉蘭，她就太低估我了！

第十一章 黃娟死了

學校連續放了一個星期的假，據說是因為市裡有什麼活動會在我們的學校舉行，所以知道黃娟的死訊時，都已經是在放假的三天後了。

那天，我家裡的電話響個沒完。

「阿夜，可以過來陪我嗎？我好怕！」李嘉蘭可憐兮兮的對我說。

「夜不語，快到我家來一趟啦！我，我……」張鷺竟然哭起來。

有沒有搞錯，她們到底是怎麼了？！我當然沒有辦法同時去陪兩個人，於是將她們倆約到學校附近的咖啡廳。

她們臉色蒼白的同時進來，頓時都呆愣的望著對方，眼睛一眨不眨的，那種像見到鬼一般的恐慌和震驚，十分讓人費解。

「說吧，到底有什麼事？」我示意她們坐到我對面，李嘉蘭和張鷺沉默起來。

李嘉蘭慢慢的用手梳理著秀美柔順的披肩髮，最後像想到了什麼似的，突然嘻嘻大笑起來，「張鷺，看來我們都輸了。」

「什麼意思？」我皺起眉頭。

「前天小鷺找我取消了夜晚削蘋果的賭，於是我就提議了另外一個遊戲，那就是在今天，我和她同時裝出楚楚可憐的樣子打電話給你，然後看你選擇去陪誰。當然，被你忘掉的那個人就是輸家了。」李嘉蘭笑得幾乎要喘不過氣來，「但是顯然我們都輸了。呵呵，我還真是有夠傻的！」

張鷺緩緩的點頭，臉上木然無表情，「夜不語這種傢伙怎麼可能在乎我們，他，最在乎的只有他自己而已。」

「張鷺。」我有些生氣了，「李嘉蘭，還有妳！妳們認為我是傻瓜嗎？把我當賭注真的那麼好玩？對，我的確很自私，但是妳們在一味的要求別人給予的時候，自己似乎也應該付出些什麼吧！」狠狠的抓起杯子，將可樂一飲而盡，我惱怒的丟下她們走掉了。

太看不起人了，那兩個女人，什麼玩意兒嘛！不過，她們不是互相都很憎恨對方嗎？什麼時候開始走在同一戰線了？我腦中一凜，頓時清醒了不少。

張鷺和李嘉蘭是不可能走到一起的，那麼張鷺刺激我，讓我討厭她，有什麼用意嗎？

一閃身躲到拐角處，我透過咖啡廳的玻璃窗望著那兩人的動靜。只見她們默然無語的喝光自己的咖啡，然後張鷺先付過帳走了出來，我小心的跟在她身後。

張鷺此刻顯得很失魂落魄，一副搖搖欲墜的樣子。

她緩慢的走向回家的路，我實在忍不住了，靠到她身旁輕聲問：「到底，在妳和李嘉蘭身上發生了什麼事?告訴我真相好嗎?」

張鷺被我嚇了一大跳，她按住心口狠狠掐了我一下，「要死啊?嚇死我的話，你可要負責喔!」

我嘻嘻笑道:「沒關係，妳這種粗神經，怎麼可能會有被人嚇死的困擾呢?」

張鷺生氣的嘟起嘴，眼神卻溫柔下來，輕聲說:「剛才真是對不起，我說得太過分了。」

「的確是很過分。」我佯怒道:「如果是我對妳說了這種過分的話，妳會那麼輕易原諒我嗎?」

「我會!」她居然斬釘截鐵的點頭。

「但我不會。」我一臉吃了死耗子的表情。

「那你要怎麼樣才肯原諒我?」張鷺楚楚可憐的問道。

我咳嗽了一聲，「除非妳告訴我真相。妳和李嘉蘭之間到底發生過什麼事!」

「你真固執，為什麼老不相信別人呢?我媽說，只有不自信的人，人生才會充滿懷疑。」張鷺將臉撇開淡淡說道。

我哼了一聲，「李嘉蘭的話我從來都只相信一小半，因為她太會撒謊了，有時候即使是我，也很難分清她重重謊言下，努力要掩蓋的真實到底是什麼，不過這次她臨時編出來的謊話顯然有些漏洞，因為她是個好強的人，絕對不會打這種沒有勝算的賭。」

「沒有勝算？」張鷺吃驚的望向我。

我點點頭，「如果李嘉蘭所說的賭約是真的，那在一般的情況下，我就只會有兩種選擇，第一就是去妳那裡，第二是將妳們一起請出來，我是絕對不會單獨去李嘉蘭那裡的，所以她不論在哪種情況下都會輸。李嘉蘭當然也很清楚這一點，那她又怎麼可能會和妳打這種肯定會輸的賭呢？」

我抓住張鷺孱弱的雙肩，緩緩說：「所以，請告訴我真相！」

張鷺渾身都顫抖起來，她低下頭，像決定了什麼似的，柔聲說道：「夜不語，今晚我父母都不在家，住我家好嗎？」

「啊！」我大吃一驚的張大嘴，再也合不攏了，雖然心裡有個聲音在大聲叫著自己才十七歲，正好年輕氣盛，但是，但是……

「夜不語！才不是你想的那樣呢！」張鷺滿臉通紅，整個頭幾乎都要靠進了我懷裡，「你不是希望知道真相嗎？如果你住我家裡的話，一定會知道！」

「嗯，雖然搞不清楚是為什麼。」我略微整理了不知所措的思緒，「但是真相這種東西實在對我有著莫大的吸引力，就看在它的分上，好吧，我答應妳。」

像想起了什麼，我突然又說道：「對了，妳知道嗎？今天沈科打電話來告訴我，那個非常三八的黃娟死了。」

「什麼！」張鷺頓時臉色變得煞白，她哆嗦著，全身冒出冷汗。

「她是怎麼死的？」她膽戰心驚的連聲追問。

我低下眉頭，「聽說是不小心摔下樓跌死的。」

「什麼！這麼說，那昨天晚上看到的都不是夢！我……我也會被殺死！」張鷺驚慌失措的叫起來，她抓住我的手，一個勁兒的喃喃問道：「怎麼辦？我該怎麼辦？我會死，真的會死！」

我惱怒的狠狠搖著她，大聲說道：「張鷺，妳清醒一點。告訴我，到底發生了什麼事？」

「阿夜！你……你不會離開我，對吧！」張鷺像清醒了過來，她唐突的撲在我懷裡，神經質的問道。

「不會，當然不會。」我輕輕的拍著她，腦中的疑問更加濃烈了。

昨晚她到底看到了什麼？

還有今天她那一連串反常的舉動……突然一道靈光閃過腦海，我呆住了，難道那場賭並沒有取消——她和李嘉蘭終究還是去那棟樓削蘋果了？

第十二章 暗夜

這個世界上有各種各樣的人，老人、小孩、君子、偽善者，有像李嘉蘭那樣可以將對方的每一步都算計進自己的計畫裡的天才，也有如張鷺那麼毫無心機、單純得過分的傻瓜。

「妳想反悔？呵呵，太善變的女人似乎不討人喜歡吧。」李嘉蘭柔聲向前去取消打賭的張鷺說。

張鷺哼了一聲，「那是我的事情，妳到底答不答應？」

李嘉蘭沒有急著回答，她不慌不忙的走到窗邊，一邊眺望遠處，一邊緩緩說道：「張鷺，記得妳的父母從前是阿夜父親公司裡的員工吧，可惜就在三年前，被伯父莫名其妙的炒了魷魚，於是妳那兩個沒有任何一技之長的無能父母，就只能倚靠零碎的雜活過著貧困的生活。

「而根據一些長舌婦的傳言，你的父母親似乎恨透了阿夜一家人，可是很奇怪，妳為什麼能和阿夜這麼親近呢？是妳非常喜歡他，呵呵，還是……」李嘉蘭望向她，一字一句的緩緩說道：「還是妳父母故意要妳接近他，然後找機會報復？」

「李嘉蘭！」張鷺氣得眼睛幾乎要噴出火來，她怒沖沖的大聲道：「妳可以侮辱我，但是不要侮辱我的父母。是，我家的確很窮，但是我們從來就沒有怨天尤人過！雖然我的父母確實沒有什麼能力，不過他們卻是天底下最好最善解人意的父母，他們才不會像妳那樣卑鄙，不擇手段呢！」

「哦？」李嘉蘭不屑的笑起來，「黑和白都是妳說的，我當然不清楚了，不過就妳的解釋，我可以認為是妳承認自己很喜歡阿夜嗎？」

張鷺愣了愣，「我從來就沒有這麼說過。」

李嘉蘭沉下臉，狠狠瞪著她說：「既然妳不是想報復，也不喜歡他，那麼為什麼妳總是厚著臉皮插在我和阿夜之間？為什麼總是阻撓我們？難道妳從來就不懂得，寧毀十座廟，不破一門親的道理嗎？還是妳壓根兒就無聊，覺得這樣很有趣？」

「我……我……」張鷺急得說不出話了，她粗神經的大腦開始混亂起來，隱隱也覺得自己的立場的確十分微妙。

李嘉蘭繼續說道：「妳到底想我和阿夜怎麼樣呢？妳明白喜歡一個人的痛苦嗎？我瘋狂的愛他，不只是因為他是我的未婚夫，還因為他和我真的很像。他為了自己的好奇心也總不擇手段，甚至背信棄義，那種男人，能給他幸福的就只有我！求妳不要再打攪我們！」

「不！夜不語才不像妳說的那樣！」張鷺突然清醒過來，她大聲喊道：「夜不語是個很溫柔的人，他很聰明，很有自信，也很講義氣，總之……總之他很值得信任，才不像妳這種人呢！」

李嘉蘭吃驚的看著激動萬分的張鷺，臉上流露出少有的慍怒，「張鷺，妳太幼稚了。我不會取消這場比賽的，哼，看來只有贏了妳，才能讓妳對阿夜徹底死心了。」

張鷺也冷笑了一聲，「我現在也不打算取消了，我才不會讓妳再接近夜不語，我絕對不允許他墮落的！」

□

聽完張鷺講述完前因，我哭笑不得起來，「張鷺，妳這傢伙完全被李嘉蘭耍了！」

「都是你的錯！」張鷺氣憤的說：「如果不是上次為了幫你解圍，在李嘉蘭的家門前亂喊，我才不會被她說得左右不是人呢！」

「可是我又沒有求過妳。」我小聲咕噥道。

張鷺狠狠瞪著我，一副吃人的樣子，「你說什麼？」

我頓時大汗淋漓，乾笑道：「哈哈，在下感激妳的大恩大德。」隨即岔開話題問道：「那麼妳們真的在昨晚去了那棟樓，那個倪美死掉的廁所，然後真的在那裡削了蘋果？」

「沒錯，現在想起來我都害怕，太詭異了！」一陣惡寒湧上背脊，張鷺不由打個冷顫。

「那麼在那晚到底發生了什麼事？可以詳細的告訴我嗎？」莫名的激動起來，我遞給她一杯水問道。

張鷺無奈的點點頭，膽戰心驚的開始回憶起昨晚遭遇過的事件。

□

昨天晚上十一點半左右，李嘉蘭就帶著楊珊珊和黃娟來了。

「她們是這次比賽的裁判。」李嘉蘭指了指身後說道。

張鷺撇了撇嘴：「膽小鬼，我看是妳害怕罷了。」

李嘉蘭輕聲笑道：「張鷺，妳太小人之心了，雖然我這個人做事稍微有些偏激，但還是很在乎公平的。她們兩個在比賽時，會在房間外靜靜等著，而且也為了公平，我還在房內準備了一些東西。」

楊珊珊用不知從哪裡得到的鑰匙，開了大門，然後這四個大膽的女孩，就緩緩的走了進去，上樓。

倪美生前住在這棟鬼屋四樓右邊的第一個房間裡，張鷺驚奇的發現門並沒有鎖住，而是大敞開著。這時，李嘉蘭又開口了：「在進去之前，我先來說明一下這次比賽的規則。

「由於遊戲裡規定必須一個人一個房間，而鑑於倪美的家裡並沒有第二間廁所，所以我將她的房間隔成兩個房間，而且為求公平，我在那道紙牆之間還鑽了一個洞。」

她望向張鷺，繼續說道：「我知道妳並不相信我，所以妳可以不時透過那個洞來看我是不是和妳一樣在削蘋果。我已經在每個房間裡準備好了比賽用的道具，但我們其中的一個先削完蘋果皮而又沒有斷掉的話，就叫停止。那時另一方也不能再行動，所有人必須立刻集中到房間前，將自己的成果展示出來。」

「看來妳為這次比賽也挺用心良苦嘛！」張鷺諷刺道。

「當然，因為我在為自己所愛的人努力。」李嘉蘭甜蜜的笑著，補充道：「還有一點，我們比賽的時限是五分鐘，在房間裡我已經準備了計時器，時間一到也必須出來。如果那時大家都沒有削完，或者蘋果皮都斷掉的話，就用最長的那一段判斷勝負。講解完畢，妳同不同意？」

張鷺哼了一聲，「妳設想得這麼周到，我當然沒有任何意見了。」

「那好，我們立刻開始！這次比賽結束後，不管誰輸誰贏，我們都可以做朋友，對吧？」李嘉蘭滿臉期盼的問。

「對不起，妳的好意我心領了。做妳的朋友，我可不敢，不然哪天被妳賣掉都不知道怎麼死的！」張鷺立刻做出敬謝不敏的表情。

「那實在太可惜了！我本以為我們可以成為朋友的。」李嘉蘭失望的率先走了進去。

張鷺緊跟著也走進了倪美那間不算小的房間。這個二十多平方公尺的房間裡，果然如李嘉蘭說的那樣，被紙板隔斷成了兩半，她選擇了左邊。

在昏暗的壁燈下，隱約可以看到一桌一椅。桌上已經放好了一面二十多平方公分的鏡子、一顆鮮紅的蘋果，以及一根白得可怕的蠟燭，和一把鋒利的水果刀。

水果刀在這種橙黃色的燈光中閃爍著灰亮的光芒，讓人不由得感到一種莫名的壓迫感。

張鷺打了個冷顫，透過紙牆的洞望向另一邊，李嘉蘭已經坐到了桌前，她拿起蘋果，似乎正在思考從哪裡下手。

不能再漫不經心了，張鷺也行動起來，她點燃蠟燭，關掉壁燈，坐了下來。

突然發覺，拿著蘋果的手不受控制的在微微顫抖，張鷺抬頭望著鏡中的自己。燭光晃晃蕩蕩的燃出黯淡的光芒，自己鏡中的影子也搖晃不定起來，她隱約發覺自己的臉變得慘白，滲透著一種強烈的詭異。

「我害怕嗎？」張鷺輕聲自言自語道：「都要怪夜不語那個傢伙，明天一定要好好敲詐他！」一把拿起刀，慢慢的削起來。

這個蘋果的果肉很緊，屬於相當好削的那種。她打起精神發揮出兩天來特訓的成果，鋒利的水果刀不斷分離開果皮和果肉。

削蘋果其實也是滿講究的，因為如果想要削好、蘋果皮要削長，就一定要把握好皮的厚度和連帶果肉的多寡，一起削下來的果肉如果多了，皮就因為太脆太沉而容易折斷，但是如果少了那就更麻煩，那樣很容易碰斷掉。

張鷺拜了自稱為高手的媽媽為師，地獄式的訓練了兩天。那兩天裡，整個家都成了地獄，她的老爸老媽怕浪費，一個勁的拚命吃她削好的蘋果，最後害得他們全家一提到蘋果兩個字，就發生類似於胃抽筋的古怪病症。

當然訓練後總算也是小有成績，現在她完全可以把握好削蘋果的節奏了。

好不容易削好了半個，張鷺深吸了一口氣。哈哈，才過了一分鐘而已，她擦掉額頭的汗水，從洞眼裡張望李嘉蘭那邊，李嘉蘭也已經削了不少，看她的速度竟比自己更快！

「我絕對不會輸！」張鷺喃喃自語的又動作起來。

就在這時，李嘉蘭突然驚叫了一聲：「啊！老鼠！」接著就是什麼東西扔在地上摔爛的悶響。

本來就神經緊張的張鷺被嚇了一跳，條件反射的手一放，整個蘋果就都掉在了地上。

果肉摔壞了，果皮也頓時折成了好幾段。

李嘉蘭這個傢伙，太卑鄙了！萬分氣惱的張鷺正要破口大罵，突然一股莫名的寒意從身旁唐突的滲透入脊背，她駭然向左邊望去，鏡子！鏡子竟然正發出詭異的淡白光芒……

那種光芒就像有生命一般纏繞著自己，她動彈不得，也發不出任何聲音。張鷺恐懼的閉上眼睛，但是那些光芒竟然直接透過了眼簾射入視網膜中。

窗外更深夜靜，隱隱聽到，附近早已壞掉的鐘樓，它，響了起來……

□

聽到這裡，我大為吃驚的連聲問道：「妳確定妳真的聽到了鐘樓的敲鐘聲？」

在兩個星期前，我就懷疑過那座老舊的破鐘樓，或許和那棟樓有著某些聯繫，但是偏偏找不到任何證據，只好無奈的將這條線索放到了一旁。現在突然聽說鐘樓在蘋果皮斷掉時，竟然響起來，我當然會萬分注意了。

「我發誓聽到了，那聲音雖然有些飄渺，但就像是從耳邊傳過來的一般，清清楚楚的！」張鷺苦苦的回憶道。

□

從鏡子裡發出的光芒越來越盛，刺眼的白光籠罩在她周圍，四周異常寂靜，只剩下鐘樓的鐘聲緩緩的敲動著。單調刺耳的聲音敲了整整十二下才停止，不過那種有如金屬碰擊的難聽聲音依然迴盪在腦中，盪著，不斷盪著……

張鷺再也受不了了，她猛地張開眼睛，卻驚奇的發現，鏡子就在自己的面前。鏡中，赫然沒有自己，也沒有自己身後的房間……那，赫然是另一個空間！

一道非常普通的樓梯，安靜的倒映在鏡子裡，如死的安靜，畫面也是死死的凝固著。許久後才有個女孩走了過來。

張鷺仔細一看，竟然發現是黃娟！

黃娟似乎正想下樓，突然一雙修長雪白的手拍到了她的肩上。她吃驚的轉過身，立刻便又釋然的拍著胸口，對那雙手的主人說了幾句話。

張鷺感覺自己就像在看無聲電影一般，黃娟在聆聽著什麼，突然臉色煞白，她開始大聲的辯解，但那雙手的主人顯然並沒聽入耳，那人雙手猛地一推，狠狠的將黃娟推下樓去！

張鷺恐懼的大叫了一聲，她反射的用手去捂住雙眼，竟然發現強加在自己身上的束縛力量已然解開了，於是她又再次大叫，邊叫邊驚慌失措的逃了出來，而幾乎是同時，李嘉蘭也滿臉狼狽的竄出了門。

「然後我們什麼都沒有說，也顧不得去看什麼比賽的結果了。我立刻就趕回家裡，用被子蒙住頭大睡了一覺，但是沒想到黃娟真的死了，真的是下樓時摔死的。不！是他殺，她被那雙手的主人殺掉了，說不定那個人還會殺掉我！」張鷺害怕的緊緊抓住我的手。

我皺起眉頭問：「為什麼妳會這樣想？」

張鷺怔怔的望著前方，「我跑掉時，鏡子裡還出現過什麼，但是我沒有看清楚，只是覺得那個身影很眼熟。現在想起來，我越來越覺得那可能就是我！不是說如果在中途將蘋果皮削斷了就會死嗎？那麼我也會死掉！我真的會死掉！」她神經質的大聲吼叫著。

「傻瓜！冷靜一點！」我用力搖著她，想要讓她清醒一點，一邊說道：「如果真像妳說的那樣，那麼死的人就應該是妳和李嘉蘭，但是為什麼黃娟卻先死掉了呢？張鷺，妳清醒一點，或許事情根本就不是妳想像的那樣！」

「但是你要我怎麼想？我現在好怕，真的好怕。我總覺得有什麼東西就圍繞在自己的周圍，只要一不小心，我就會被它連骨頭一起生吞掉！」張鷺痛苦的捂住了頭。

我嘆了口氣，柔聲說：「相信我，我一定會幫妳的，趁現在還沒有天黑，我們先到那個妳們削過蘋果的房間去看看。」

張鷺終於冷靜下來，她無力的說道：「我不去，那麼可怕的地方，我一輩子都不想再去！」

「相信我，好嗎！」我注視著她，緊緊將她柔軟的手掌握在手裡。

張鷺用那對黑白分明的眼睛默默凝望我，最後點了點頭說：「好吧。」

□

第二次進入這棟十分詭異而又令我感到十分好奇的樓裡，我說不出心裡是什麼感受。第一次來時是夜晚，當時還是帶著輕快和遊戲的節奏踏進去的，但現在自己的腳步已經明顯沉重了。

這棟樓到底還有多少秘密是自己不知道的？張鷺和李嘉蘭，真的會如同遊戲的傳言一樣死掉嗎？

我和張鷺默然無聲的踏著塵土凌亂的階梯，我的腦中疑問一個接著一個的浮現出來。走上四樓，推開右手第一個房間，張鷺便害怕的遮住眼睛，用手指了指倪美寢室的方向。

我大步跨過去，一把打開門，突然驚呆了。

「就是這裡嗎？」我轉過頭問道。

「就這裡。」張鷺斬釘截鐵的回答。

我無奈的笑起來，「那妳自己來看看，這裡十分有趣呢！」

「不！我怕！」張鷺依舊用手摀著眼睛。

「妳看，妳仔細的看清楚！」我粗魯的一把將她的手抓下來。張鷺小心的朝那個房間裡看了一眼，頓時也呆住了。

那個房間裡空蕩蕩的，沒有東西，也沒有任何使用過的痕跡。

「這！這是怎麼回事？」為了確定是不是走錯了房間，張鷺匆忙跑到門前確認了門牌號碼：「四樓四號，沒有錯，確實是這個房間啊！」她沮喪的喃喃說道，突然眼睛一亮，「對了，一定是李嘉蘭把東西全部抬走了！那傢伙總是喜歡裝神弄鬼！」

「不對！」我搖搖頭，指著地上說：「看看地上堆積的灰塵，還有牆上的蜘蛛網，這裡壓根兒就好幾年沒有任何人進來過了。」

「那你，你是在懷疑我說謊了？」張鷺望著我，眼神裡攙雜著痛苦。

我嘆了口氣：「但事實就在眼前啊。張鷺，這段時間或許妳真的太累了……」

「那不是發夢！更不是錯覺！」張鷺委屈的大叫道：「夜不語，我所說的一切都是真的，相信我！我沒有撒謊，沒有做夢，沒有歇斯底里，昨天晚上我真的經歷了那場災難！」

「我知道！我當然相信妳了，請妳冷靜下來好不好。」我煩躁的不由也叫出聲來。

張鷺退後了幾步，她滿臉絕望的搖搖頭，「不，你根本就不相信我。為什麼？難道你就只相信表面的所謂的事實嗎？！」

「我是在乎證據，事實往往都是由大量的線索和證據推論出來的！」

她冷哼了一聲，「那麼你告訴我，如果這間房間真的已經有好幾年沒有人進出過，那麼兩個星期前，我們夜訪這裡的時候，曾經為了找王楓而搜索過所有的房間吧，我們的腳印呢？為什麼這個房間裡竟然會沒有？」

我頓時一驚，猛地被張鷺的話點醒，疑惑頓時如排山倒海般湧入腦中，我呆住了。

第十三章 多出的房間

夜，再一次的降臨。

我躺在床上輾轉難眠，幾小時前，沈科又聯絡我，他告訴我已經查到了那棟樓的屋主和設計者。

但是看了那些資料後，我更加迷惑了。

它的屋主是個叫陸平的日本華僑，在十七年前，他在政局比較穩定的情況下毅然回國，並在自己的家鄉，也就是這個鎮，投資建設了大量的專案。

從資料上看，陸平很有遠見的指出沒有什麼資源的家鄉，必須走觀光旅遊的路子才能生存下去，他似乎也說服了當時的鎮長。

於是那段時間，這個小鎮的許多旅館、商場和觀賞用的鐘樓等等城市建築，便在他的手中相繼應運而生。

七年前，他設計和修建了那棟樓房，本來計劃是想修建成星級賓館的，但不知什麼原因最終改建成了住宅大樓，陸平是第一個搬入樓內的人，但是三天後他便死了。

死因是自殺。他莫名其妙的從五樓的陽台上跳了下來，沒有任何人知道是為了什麼……

看來事件越來越撲朔迷離了，我思忖著，那個歸國的華僑真的是自殺嗎？為什麼賓館要改建成公寓？是因為有靈異事件？

還有樓對面的鐘樓，我終於找到了它們的一個共同點，便是同出於一個人之手。不過這又能說明什麼呢？不過陸平是在那棟樓中死掉的第一個人，那倒是毋庸置疑的。

那個陸平，他是建築系畢業的吧……突然有個問題閃入腦海，我打了個冷顫吃驚的站起身來。日本的建築界通常都有條不成文的規定，修旅館和宿舍都不會有四號房，因為日本人認為那個數字非常不吉利，那麼他在修建賓館的時候，就極有可能因為習慣的影響而不會有第四號房間吧。但記得今天下午我和張鷺去的房間，門牌號明明是四樓四號。

奇怪，實在很奇怪！有必要再去看看。

我按捺不住好奇心走到張鷺的房間前，輕輕敲了敲門。門竟然沒有上鎖，於是我悄悄的走了進去。那傢伙睡姿極差的正夢著周公，嘴裡還咕咕嚕嚕的不知道在說些什麼。

我嘆了一口氣，輕輕的幫她蓋好毯子，這才又走了出去。

看來是不能指望她陪自己去了，我獨個兒整理好衣褲，向大南路走去。

夜已經很深了，看看手錶，差一刻便到凌晨一點。街上沒有任何行人，路燈也滅了，真有些冷。我拉緊了外套，逕自加快腳步，經過那座鐘樓時不由得停了下來，我抬起頭仔細的打量它，又破又舊，實在沒有什麼值得奇怪的地方。我搖搖頭，失望的繼續趕路。

終於又到了那棟樓，夜色裡，它外型恐怖，張牙舞爪的靜靜站在我的身前，猶如一隻巨大的惡魔。我孤零零的走進不知什麼時候打開了的鐵門，來到樓下的院子裡，內心不由得有一絲後悔，真不該一個人來的，這裡在午夜時分，格外的顯得可怕！

鼓足勇氣，我緩緩的進入樓房，登上一樓。

這裡的門牌號掛法真的有夠奇怪的，樓梯在樓層的中間，將住房狠狠的分作了左右兩邊，一般的房子都是從最左邊的那一間算作第一號的，而這裡卻偏偏反其道為之，將樓梯的最左邊算作最後一間。我抬頭漫不經心的看向樓梯右邊的第一間房間（那個唯一可以看得見鐘樓的房間）的門牌號，一樓三號，而左邊是一樓五號。

天！沒有四號！我驚訝的險些跳起來，急忙跑撒開腿滿層亂找。沒有錯，這裡的的確確沒有四號房間。但是今天下午，我和張鷺進入的那個四樓四號房又是什麼呢？記得那是右邊第一個房間吧！

我匆忙跑上四樓，這裡的每一層格局都是一樣的，我抬頭死死盯著原本有四樓四號房位置的地方，但是那個門牌號赫然是四樓三號！

有沒有搞錯！我驚詫莫名的伸出手去用力想將門牌號拔下來，一摸之下才發現，它竟然是焊在牆上的，根本就不可能有摘下來的可能。

這也就是說，我全身發冷的想到，就是說沒有人可能將門牌號換掉，而四樓四號，那就是間多出來且莫須有的房間！

我不由打了個冷顫，但心中又猶自不信，用力推開門走了進去。

房間內，地上的灰塵被攪得很亂，而且腳跡斑斑，明顯是不久前才有人進來過。我仔細分辨了一下，這裡最近至少有六個人以上出入過，有四個人的腳印甚至是新的，看來就是昨晚的張鷺、李嘉蘭、楊珊珊和黃娟了。

腦袋開始混亂起來，下午和張鷺來的時候，這個房間裡明明什麼痕跡也沒有，灰土層層，像是好幾年沒人用過。我狠下心，快步走向張鷺和李嘉蘭削過蘋果的地方，果然！張鷺描述過的所有東西，都還靜靜的擺在那裡。

被紙板隔開的房間，鏡子、燃盡的蠟燭、掉在地上的水果刀和摔壞的蘋果。

我將蘋果撿了起來，果肉的部分已經發黃了，的確是昨天的沒錯。這到底是怎麼回事？同是一個地方，白天和晚上看，竟然是如此的迥然不同，如此的詭異？！

我走向李嘉蘭的那一邊，她的蘋果已然削開了一大半，但是早已摔得果肉模糊了，看來真的是慌亂之下用來砸了老鼠。她的椅子也倒在了地上，想必是因為某些事情而變得異常惶恐，害怕得什麼也顧不上就跑了出去。

那麼她是不是也因為從鏡子裡看到了某些東西呢？我皺起眉頭思忖著。

想她那麼大膽可惡的個性，究竟看到了什麼，竟會讓她如此誠惶誠恐，驚慌失措？

不由得突然想起今天早晨，李嘉蘭和張鷺聯合起來向我撒謊的情形，我開始不舒服起來。張鷺撒謊的理由還顯而易見，可以看作是她不願讓我知道那場比賽是為了我，那傢伙的性格就是這樣！

但是李嘉蘭呢？她有什麼理由？難道還有什麼隱情，或者是這裡又發生了某些絕對不能讓我知道的事情？！

我長長的嘆了口氣，自己越來越無法理解李嘉蘭那個女人了。她那個聰明的大腦裡似乎無時無刻都在策劃著某些東西，但是我偏偏又永遠都猜測不到。

那種女人，唉，實在是有夠可怕的！

不過總算也證明了一件事，這裡的確是沒有四號房間，我隨手將桌上直立的鏡子放倒在桌子上。

記得第一次來到這棟樓時，王楓曾經消失過，我和沈科等人滿樓都找遍了，就是找不到她的人影，而其後我想到了跟蹤腳印的辦法，但是我就有些懷疑了，王楓的路線實在很簡單，只是在五樓的三號前徘徊了老久，走了進去到窗戶邊，然後便逕自下樓了。

奇怪便是奇怪在這裡，既然她的路線如此簡單，那麼我們四個人為什麼就是沒能找到她？按理說這是絕對不可能發生的？難道這裡的每一層都存在著四號房，她偶然闖了進去？

嗯，這非常有可能！我點點頭準備離開，就在這時，不遠處的鐘樓緩緩敲響起來，聲音洪亮，卻又夾雜著金屬撞擊的刺耳聲音。

鐘聲整整敲響了十二下！被嚇了一跳的我暗暗咒罵起來，什麼破鐘樓嘛，都快要凌晨兩點了，還敲成十二點，這種爛東西早就應該拆掉了，真不知道現在的鎮長是在幹什麼，放著它不管，讓它在夜裡亂騷擾周圍無辜的居民睡覺！

轉過頭，我駭然呆住了。有沒有搞錯！地上的蘋果竟然在不斷的減少，就像有什麼東西，正在一口一口的將它吃下去一般，但周圍又分明沒有任何東西啊！

我吃力的閉上眼睛，再睜開時一切都回復了原狀。用力敲了敲腦袋，我蹲下仔細的打量著那個蘋果，奇怪了，還是原來的樣子，並沒有少些什麼！

是自己眼花了嗎？這時，我感覺全身發冷，顫抖了一下，快步走出樓去。

昨天在這裡李嘉蘭一定看到了什麼。但究竟是什麼呢？我實在非常想知道。

明天，看來還是應該到她家裡去一趟。

第十四章 知情者

第二天一大早，沈科打電話到我的手機。

當時我還睡得正香。

「小夜，我找到那個收集資料的人了。」他興奮的說道。

「太好了！」我的睡意頓時全無，一個鯉魚打滾翻身，坐了起來大聲問：「知道他的聯絡方法嗎？立刻告訴我！」

「我已經聯絡他了。」沈科神神秘秘的說：「這件事真的很有趣，那個人你也見過，但你見到他的時候，絕對想不到竟然就是他！」

「靠！一口價，一個星期的晚餐，吃什麼你決定，求求你快些爽快的告訴我，不要打啞謎了！」我心急如焚的大聲道。

沈科的聲音頓時不悅起來，他哼了一聲說道：「夜不語，你把我當成什麼人了。我會為了這些才幫你嗎？好歹我們也是朋友吧。」

我微一吃驚，沈科這個王八蛋什麼時候變得這麼人模人樣了，稍微帶著歉意的語氣說道：「對不起，是我太小人了。那麼，大恩不言謝了！以後有什麼差遣的話，儘管對我說，別客氣！」

沈科立刻神氣起來，「嘿嘿，我的確是有要事，聽說你有某個明星的簽名寫真集？可不可以借我……」

那個傢伙！果然是狗改不了吃屎，我真蠢，竟然還差點相信他了！我惱怒的凶巴巴的吼道：「王八蛋，你這傢伙再吞吞吐吐的不說出來吊我胃口，我就把你對徐露有意思的事情到處宣傳。」

「你……你怎麼知道？」沈科結結巴巴起來。

我嘿嘿笑道：「你每次面對她就一副賊眉鼠眼的樣子，鬼都知道了。」

他急忙道：「小夜，算你厲害，我說就是了，但你可千萬別告訴徐露我喜歡她，不然她會討厭我。」

天！這對男女真是有夠麻煩的，任誰都看得出他倆對對方都有意思，可是偏偏又都說不出口。唉，感情這種玩意兒，太不通俗易懂了！

「今天早晨十一點，我和他約好了在大南路的隔夜茶館裡碰面，一樓的七號桌子，你記得一定要來！」沒有敲詐到我，反而被我抓住了把柄，沈科大為沮喪的掛斷了電話。

抬頭看看鐘，才九點過一刻，看來只有先去見過那個人，再到李嘉蘭那裡去了。

我重新躺下準備再睡一會兒，補一補昨晚去那棟鬼屋耽誤下來的睡眠。這時，門被推開了。

「夜不語，吃早飯了。」張鷺走了進來。

「嗯，再讓我睡一會兒。」我用毯子蒙住頭，側過身又睡了起來。

「不要睡了嘛！」張鷺笑嘻嘻將雙手從毯子的縫隙中伸了進來，「嘻嘻，看我的冰凍魔爪攻擊。」

那雙柔軟冰涼的手輕輕的滑進了我的衣服裡，緊緊的貼在了背上。我全身一顫，背過手用力將她的手腕抓住。

「抓住妳了。嘿嘿！」我笑著使勁一拉，張鷺腳步不穩，一時失足倒在了我的背上，張鷺穿著薄薄的睡衣，柔若無骨的身體散發著嬌嫩的氣息和火熱的青春活力，緊緊的貼著我，馨香的吐氣熱呼呼的哈在耳旁，我不由得全身一陣酥麻，不安分的動了動。

張鷺全身緊繃住了，一動也動彈不得，而我也懶洋洋的，雖然想推開她，卻又格外捨不得這種舒服的感覺，於是一切都停了下來，只有心在不斷的跳動著。

她的呼吸越來越急促，朱唇微張，最後將臉也輕輕的貼在了我肩上。

「妳不是說我睡在這裡，一定會發現什麼嗎？結果我什麼也沒有發現啊！」不知過了多久，我才壓抑住內心的欲望，湊到她耳旁輕聲說。

張鷺「啊」的一聲，用力掙脫我，滿臉通紅的站起身來。

「騙你的！」她捂住暈紅的臉頰，可愛的對我吐了吐舌頭，「我只是害怕，而且碰巧家裡沒有人，嘻嘻，所以就找了個替死鬼來陪我。」

「我是替死鬼嗎？誰的？」我無辜的指著自己。

「嘻，就不告訴你。」張鷺背過身跑開了。

看著她跑出去，我的笑容頓歇。呼，好險，剛才差一些就犯下了錯誤。

□

十點四十五分我離開張鷺家，急忙向大南路走去。進入隔夜茶館時正好是十一點整。

「小夜，在這裡！」沈科站起來向我招手。

我立刻走了過去。他的身旁坐著一個小老頭兒，挺眼熟的，果然像是在哪裡見過。我全身一震，呆住了。

這不就是那棟鬼樓唯一的租戶嗎？那個開雜貨店的王成德。

一個月前的晚上，我和張鷺在他的店鋪裡看到並參加了一場莫須有的古怪葬禮，而且在那的第二天，還去調查過那間鋪子。

那個乾瘦的小老頭也吃驚的指著我，「你不是那個買了我一大堆東西的小兄弟嗎？是你找我？」

靠！我大為心痛的暗罵道，你以為我想買啊，還不是你在那裡暗示不買就不回答我，而且那堆垃圾，我還把它們胡亂塞在抽屜裡，不知道該怎麼處理呢！小心的摸了摸自己的錢包，我戰戰兢兢的坐了下來。

「老伯，聽說您收集了很多關於大南路九十七號樓的資料。為什麼您會對它那麼感興趣？有什麼特殊理由嗎，還是那裡曾經發生過什麼讓您特別注意的事情？」第一個問題我就進入重點，免得他又暗示我去他那個又破東西又垃圾的店。

那小老頭頓時沉下了臉，「如果是那棟樓的事情，我不想多說什麼，也勸你們最好少管！」

「為什麼？」看來他真的知道些什麼，我的興趣立刻濃烈了。

「店裡很忙，我要走了。」小老頭充耳不聞的站起身，逕自向外走去。

哼，已經到嘴的肥肉，怎麼可能平白讓它飛掉！我將在剛坐下時，沈科暗中遞給我的紙條塞到口袋裡大聲說道：「王成德，在十七年前被指派到這個鎮當鎮長，他一直都是個很認真負責的鎮長，工作努力，對人和藹親切，深得民心。但是不知道為什麼，在八年前他突然辭職了。這件事在小鎮上鬧得沸沸揚揚的。

「有傳言說，是因為他的好朋友陸平搞的鬼。那個從日本歸來的華僑似乎抓住了他的某些把柄，並常常以此作為威脅，深深自責的他，覺得自己對不起信任自己的人，便主動辭職了。」

我舔了舔嘴唇，眼睛一眨不眨的盯著已經停住了腳步的王成德，只見他的臉上，肌肉慢慢的收縮起來。

我神秘的笑了笑，繼續說道：「如果真的是這樣，那麼那個王成德就有充足的理由恨陸平了，甚至恨到將他從樓頂推下去！」

這個小老頭本來已經很老的臉，頓時更蒼老了，他嘆了一口氣，有氣無力的問：「小兄弟，你幾歲了？」

「兩個月前剛滿十七歲。」我不解的答道。

小老頭哈哈大笑起來，「才十七歲，沒想到就這麼聰明了，你以後的前途真是難以限量。但是你知道嗎？那棟樓不是聰明便可以解決的，它太危險了，危險到沒有人類是它的對手。你又何必將命都賠進去呢？」

「因為已經有兩個朋友因它而死了，還有，因為我好奇！」我絲毫不動搖的答道。

「好奇？就算死也都不要緊？」

「沒錯。」

小老頭笑得更響了，「好，很好，如果你真的好奇的話就跟著我來。我可以告訴你我知道的一切，還有那棟樓的秘密。但是你知道後，千萬不要後悔。」

「當然不會。」我心中一喜，跟著他走了出去。

終於接近謎底了，在前方等待自己的，到底是怎樣的歷史呢？

十月的烈日還是那麼熱，那麼猛烈，我卻突然莫名其妙的感到了一絲寒意。

很多年後想起來，我也覺得後悔，當時的自己的確太年少輕狂了，絲毫沒有考慮過後果，沒有意識到即將因自己而引起的那一連串的悲劇……

第十五章 接近

我從來就不懂人生，更不懂感情，所以當有人感嘆世界越來越小的時候，我總是不以為然，這個世界，在我的眼中看來，實在大得太複雜了。

而人生與世界，這兩個名詞在老人的眼中更像是一場平淡的電影，也像是越嚼越無味的口香糖。老了，固然可以積累經驗，但同時也在不斷的積累罪惡，越積越多，多到可以將自己吞沒的地步。

當然，有些人天生就是罪惡，他們可以對自己從前犯的錯無動於衷，甚至視而不見。

坐在自己的店鋪中，王成德就像一剎那間老了幾十歲一般。他的眼神變得空洞而絲毫沒有光彩，只是喃喃的對我說出了以下的話：

「至於陸平，不錯，我的確恨他，恨到想殺死他，但是最終我沒有動手，因為這個世界上，終究還是有一種叫做公理的東西。」他緩緩的繼續說道：「他是被這棟樓殺掉的！」

我皺起眉頭：「這是什麼意思？」

「小夥子，你想聽一個故事嗎？一個很古老的故事。」王成德站起身來，為我倒了一杯水。我點點頭，看來終於要進入正題了。

「記得小時候，我的父親曾告訴我，東西用久了，就會有生命。其實如果一個地方，一塊土地上死了太多的人的話，那個地方，那塊土地也是會產生生命的，只不過那個生命會有很大的怨氣，甚至會殺死活著的人。」

他嘆了口氣問道：「小子，對這棟樓你知道些什麼？」

我愣了一愣，答道：「蘋果。這棟樓死掉的人全都是因為蘋果，還有就是所有人都集中死在每層的靠樓梯右邊的第一個房間。換言之，就是這棟樓只有那間房才會死人。我調查過，只發現它們的相同處是可以看得見附近的舊鐘樓。

「但是我不懂，我實在猜測不到它們三者間有什麼關聯。」

一口氣說完，王成德竟然聽得呆住了，「好小子！我調查了五年才發現這些東西，你果然很聰明。」他震驚的說：「我越來越不願意告訴你真相了，我不想你送命！」

我瞇起眼睛，毫不在乎的道：「別擔心，那些算命的每個都說我會長命百歲，升官發財來著，如果我死掉的話，就變鬼去砸他們的招牌。」

王成德大笑起來，「不錯，小子，我越來越欣賞你了。」他猛地一跺腳，像決定了什麼大事情一般，毅然說道：「好，拚了這條老命，我就告訴你真相！」

我心中一喜，把頭儘量伸了過去，做出細心聆聽的樣子。就在這時，一股寒意突然沒有預兆的侵襲全身，刺骨的冷不斷的爬上脊背，恐懼猶如丟入水中的石子一般，在原本平靜無波的湖裡引起了一波又一波的漣漪，在心中不斷的擴散開來。

我猛地向後看去。

什麼也沒有……但是剛才那一瞬間，明明感覺有什麼站在身後，這到底是怎麼回事？

「你怎麼了，臉色變得這麼蒼白？」這個小老頭一眨不眨的盯著我，突然全身一震，「你！你剛才是不是感覺到什麼？」

我驚訝而奇怪的問：「你怎麼知道？」

「是那東西來了。」他滿臉恐懼的一把將掃帚握在手裡，眼睛緊張的四處張望著。

「那東西？是什麼？」我不解的追問道。

「是它！它來了！」王成德害怕得哆嗦，他的精神變得歇斯底里起來，話語也開始不清不楚了，只是一個勁兒的喃喃道：「它不會讓我說出秘密的，會有事發生，一定會有事發生！」

我用力將他按到椅子上，高聲叫道：「冷靜一點，不會有事的。這裡什麼都沒有，只有你和我！」

「不！它在這裡！」王成德幾乎癱瘓了，他脫力的對我說：「我知道的太多了。該死！早知道它是絕對不會放過我的，你快走，快離開這裡，千萬不要再來了，不然你也會死！」

「我不會！」我固執的說道：「告訴我，它到底是什麼？還有這棟樓的秘密。不然我真的會被好奇心給壓死！」

「不！我不會告訴你！」他用力的掙脫我，用完全不符合自己年齡的速度逃了出去。

我撒腿便追，差一點就知道謎底了，自己絕對不能讓他溜掉。

但是追出門我就絕望了，他已經不見了人影，我沮喪的坐在店門前，準備來個守株待兔，那個老頭子總不可能永遠都不回家吧。

等了不久，手機響了，是李嘉蘭。

「阿夜，有空嗎？來陪我。」她溫柔的說道。

我正氣不打一處來，粗言粗語的答道：「對不起，大小姐，我正忙呢！」

她的聲音更甜美了，「沒關係，如果你現在往頭頂看一眼的話，我想你馬上就會改變主意的。」

我皺起眉頭好奇的往上望去，突然大驚失色。李嘉蘭那傢伙不知什麼時候去了那棟樓的樓頂，她鑽出了圍欄，赫然危險的站在極淺的樓沿。

我嚇得頓時冷汗直流，「妳……妳千萬不要動！」一邊大喊著，一邊飛快的繞到後邊的樓梯，爬了上去。風很大！一腳踢開房頂的門，我便迫不及待的伸長手向她抓去。

「你不要過來。」李嘉蘭向後退了一步。

「不！不要做傻事！」我焦急的大聲衝她叫道：「妳到底有什麼想不開的，妳可以告訴我。我們好好商量。天大的事總會有解決的辦法。」

「不，這件事就沒有。沒有任何人幫得了我。」她淒涼的搖搖頭。

「到底是什麼事？」我緊張萬分，突然腦中靈光一閃，儘量輕聲的說道：「難道是因為倪美的死？妳知道我已經調查出是妳們嚇死倪美的，所以妳害怕我會去揭發妳們？別擔心，我發誓絕對不會這麼做的，妳還是我的未婚妻，對吧！」

李嘉蘭愕然，突然她哈哈大笑起來，笑得眼淚都流出來了，「原來……原來我在你心裡是這麼無恥的一個人，原來一直以來，你都認為我說喜歡你是假的，只是為了擾亂你調查真相的迷霧……哈哈，夜不語，你太抬舉我了！我可沒有那麼偉大。」

望著她的臉，我又迷惑起來。難道楊珊珊又騙了我？不對，她沒有理由那麼做，而且李嘉蘭如果不是因為這個原因，那麼沒事幹嘛要死要活的？

太令人費解了，不過現在顯然不是刺激她的時候。

我無奈的嘆了口氣，儘量柔聲說：「我從來就沒有那麼想過，妳太多心了！阿蘭，乖乖的過來。」我趁勢又向前走了一步。

「不，不要過來。」李嘉蘭向後仰了仰，嚇得我再也不敢動了。

她苦澀的搖著頭笑道：「我知道在你心裡我很下賤，根本就不值得信任。不過我還是要告訴你，倪美在我們去的時候就已經死了。」

「我相信，我絕對相信妳！」我慌忙答道。

樓頂的風越來越大，李嘉蘭那一身雪白的連衣裙和烏黑的秀髮，都在風中飛揚著，她的身影搖搖欲墜，有種淒涼的絕美，令我看得心驚膽寒，深怕她被風吹了下去。

「你根本就不相信我！」

從來都輕聲細語的李嘉蘭，難得的大聲叫嚷著，她絕望的望著我，突然又輕下聲來，「阿夜，我們是什麼時候開始變成這樣的？你開始總是懷疑我，抗拒我，甚至討厭我，為什麼？我真的那麼令人反感嗎？」

「我哪有討厭過妳，喜歡還來不及呢！妳太多心了。」我焦急的說道。

「那你是喜歡我了？」她欣喜的低聲問。

「當然，我當然喜歡妳，喜歡得要死！」我邊說，邊又想向她靠近。

李嘉蘭像是看透了我的心思，作勢微微向後退去，臉上露出了莫名其妙的美麗笑容。她甜甜的衝我身後說道：「妳聽清楚了吧，阿夜喜歡的是我！他喜歡的是我，請妳不要再糾纏我們了！」

難道自己又被她耍了？我緩緩的轉過頭，頓時看到一個已經呆住的熟悉身影。她，赫然是張鷺。

□

「阿夜，還記得小學時嗎？」李嘉蘭絲毫不理會我的難堪，輕輕的說道：「那時我們同校，同班，我總是坐在你的身後，每天都凝視著你發呆，記得在那個時候，你就已經是個喜歡刨根問底的人，你是同齡人中的佼佼者，但卻很喜歡裝傻。

「不知為什麼，每次看到這樣的你，我就牙癢癢的，興奮得恨不得咬你一口。」

李嘉蘭笑起來，她抬頭望著我，「或許是因為從那時開始，我就愛上你了。愛你的狡詐，你的不擇手段，你的一切的一切。我愛你，所以當我再次見到你時，我欣喜若狂了。我發誓絕對不會讓任何人將你從我身邊奪走。不論是用什麼方法！」

我全身就像被點了穴一般的麻木了，腦子有史以來第一次那麼凌亂。百千的思緒成噸成噸的向自己壓下，只感到連呼吸都變得困難起來。

我喘著粗氣，卻偏偏連一句話都說不出來。奇怪！這種狀態，自己到底是怎麼了？

李嘉蘭用她那獨特的嗓音繼續溫柔的說道：「阿夜，你，真的和我很像。我們都很自私，我們為了達到自己的目的，都會不擇手段。記得三年級的夏天嗎？好懷念啊，那時我們通常都會五個人合買一瓶汽水，但是你總會毫不費任何力氣的得到最多的一份，嘻嘻，阿夜，你真的很會耍手段！」

我默然。沒錯，小時候自己的確很喜歡佔別人的小便宜，但那都只是些無傷大雅的小惡作劇罷了。不知為何，突然感到自己很討厭，很罪惡，難道自己的所作所為，真的和李嘉蘭一樣，沒有什麼分別嗎？內心開始撕痛起來，我捂住胸口，頹喪的低下頭。

「不！不對！夜不語才不像妳！」原本像受到了莫大的打擊般、呆愣著的張鷺突然激動的叫起來，她氣憤的說：「至少阿夜還有朋友，妳沒有！」

「對啊！朋友！我還有朋友！」眼前像亮起了一盞明燈，我猛地抬頭。

只見李嘉蘭冷笑著，「那是因為阿夜太會演戲了，而且他還不明白，自己根本就不需要朋友。」她微笑起來，「這個世界上只有兩種人，人上人和人下人。前者是沒有朋友的，他們只需要可以利用的陌生人，阿夜註定了會屬於前一種。」

「妳說謊，妳根本就不瞭解夜不語。」張鷺狠狠的回視她，說道：「什麼人上人，人下人。根本就是妳的偏激看法罷了。妳一味的想要將自己的看法強加在夜不語身上，其實根本是妳什麼都不瞭解。」

「我不瞭解阿夜？」李嘉蘭一愣，突然像聽到了莫大的笑話一般，哈哈大笑起來，「我當然瞭解他，甚至比他自己更瞭解他。從小我就在研究自己的未婚夫，我分析他的性格，他的喜好，他的一顰一笑。我努力將自己改變成他喜歡的類型，我想讓他可以無時無刻感覺到我對他的愛，我會為他付出我的一切，甚至是生命！就算到了現在，我還是在為他的喜好而不斷的改變自己。」

天哪！我大吃一驚，李嘉蘭真的有這麼愛我嗎！

「別開玩笑了！」張鷺生氣了，她大步向李嘉蘭走去，指著她的鼻子大聲道：「就算妳怎麼改變，夜不語還是不會喜歡妳，他親口對我說討厭妳，甚至在怕妳！妳的所作所為，根本就是錯的！」

李嘉蘭呆住了，她望向我，柔聲問：「是真的嗎？阿夜，你真的不會喜歡我，不論我為你做了什麼，你都不會喜歡我？是嗎？」

我無語，沒有點頭，也沒有搖頭。

李嘉蘭的眼神中頓時充滿了絕望，她頹喪的低下頭，久久沒有言語，突然她惡狠狠的望向張鷺，歇斯底里的喊道：「是妳！是妳這個臭女人！如果沒有妳的話，阿夜就不會討厭我了。他是屬於我的，我不會讓任何人把他搶走！」

李嘉蘭猛地抓住張鷺的脖子，她用力的掐著，絲毫沒有防備的張鷺，立刻痛苦的咳嗽起來。

「妳在幹什麼！」我大驚失色，急忙跑過去想要阻止她。

李嘉蘭頓時大聲喝道：「夜不語，你不要過來，不然我會拉著她一起跳下去！」

我立刻停住了腳步，該死！在這種情況下腦子偏偏混亂得要命，什麼辦法都想不出來。張鷺不斷咳嗽著，臉痛苦的扭曲起來，她拚命的張開嘴想向我說些什麼，但是最後連一絲聲音也沒有發出來。

李嘉蘭衝我嫣然笑道：「阿夜，你等等，我們就快要在一起了，永遠都在一起。我不要再和你分開！」

「我也想和妳在一起啊！」我慌亂的冷汗直流，連聲說道：「但是妳知道自己現在到底在做什麼嗎？妳是在殺人，妳會坐牢的！」

「我不管，我一定要殺掉這個女人！」李嘉蘭嬌嗔的說：「不然你永遠都不會回心轉意！」

「不！」我緊張的搖頭，「快放開她，妳瘋了嗎？！」

突然，身後傳來一個蒼老的聲音：「這不是原來的她，她已經被這棟樓附身了。」

我吃驚的向後望去，竟然是王成德。

他向我點點頭，低聲說道：「現在不是解釋的時候，你儘量吸引那個女孩子的注意力，我繞到後邊去將她們推進來。」

「太危險了。應該我去！」我拉住他大搖其頭。

那小老頭盯了我一眼，「我這把老骨頭可對那個女孩子沒有任何吸引力。這棟樓只能利用和加深人類內心中的欲望，所以只有你才能吸引她。而且，哼，那個東西，我再也不能眼巴巴的看著它為所欲為而坐視不理了！」

「那要小心了！老頭，在沒有告訴我真相以前，千萬不要死掉。」

我無奈的點點頭，轉身對李嘉蘭喊道：「小蘭，還記得我們小時候嗎？那時的妳真是可愛。妳一直都很溫柔，很善良，每次走在路上，妳都會小心翼翼的看著腳下，連一隻螞蟻都不忍心傷害，我喜歡那時的妳。但是我不知道從什麼時候開始，妳變了，變得我再也無法理解，為什麼？能告訴我是什麼令妳改變的嗎？」

李嘉蘭迷惑起來，她努力的開始回憶，最後對我微笑道：「是因為你。」

「我？」我吃驚的用手指著自己。

「對。」李嘉蘭懷念的喃喃說道：「那是在小學三年紀的時候，我家和你家當時都很窮。有一次我們去捉蚱蜢餵螞蟻，你突然對我說：『小蘭，螞蟻和我們，到底哪一個更低等呢？』

「『當然是我們了。』我毫不猶豫的答道。你眨了眨眼睛，『那麼為什麼螞蟻都有固定的家，而我們家卻總是被趕出去，連住的地方都找不到？』

「爸爸說因為我們都沒有錢。

「錢？它真的那麼重要嗎？那麼怎麼樣才會有錢？

「『爸爸說做人上人就會有錢。』我猶豫了一下。你毅然望著我，對我說道：『那麼我長大後一定要當人上人，我要賺很多很多的錢，那樣爸爸和媽媽就不會再受苦了。』

「就是從那天起，我突然發現，自己與你的差距越來越遠，於是我開始努力改變自己，我想要趕上你的步伐！」

天！那只不過是自己隨口說過的一句話而已，沒想到居然會是她改變的引子！我呆呆的站著，凝視著她，原來她是真的那麼愛我，而我卻一直都懷疑她，逃避她，甚至討厭她。自己，真該死！

「對不起。」我低下頭輕聲說道：「真的很對不起。我誤會妳了。」

李嘉蘭愕然，突然欣喜的笑起來。她流著眼淚，激動的抽泣著，「阿夜，這是你第一次向我道歉，我，我好高興！好吧，我聽你的，就放開她好了。」

她的手鬆了下來，輕輕的推開張鷺。那小妮子立刻痛苦的跪到地上不斷的喘著粗氣。我終於鬆了一口氣。

輕鬆下來的我不經意的望向李嘉蘭的左邊，不由得又提心吊膽起來。王成德正吃力的向她接近，雖然我的眼神已經裝得夠若無其事了，但還是沒能瞞過她。

李嘉蘭猛地轉過頭去，臉色頓時變得慘白，她的臉氣憤的抽搐起來，「夜不語，枉費我這麼信任你，你竟然又騙我！好，你不仁，我也會不義！大不了拚個同歸於盡。」

她伸過手便去抓張鷺，王成德急了，飛快的向她撲過去。

接著所有的事情都在電光石火間進行下去，李嘉蘭被撞得失去平衡向後倒去，她神經反射的一把抓住了王成德，那個絲毫沒有考慮後果的小老頭被一拉之下也向樓下跌去……

「不！不要！」我大喊一聲，拚命的跑過去想要拉住他們，但是晚了。

李嘉蘭向下飛跌著，突然，她又甜美的笑了，「阿夜，我不會放你孤獨一個人的。就算作鬼，我也會永生永世的纏著你……」

我呆呆的站著，手向下伸出，一動也不能動彈了，紅色，沾滿眼淚，流了下來……

第十六章 拊膺哀哀

李嘉蘭死了，王成德也死了，好不容易終於接近謎底，可是在那一瞬間，所有的線索都被活生生的掐斷掉。不知為何，腦中突然想起王成德說過的那段話。

「是它！它來了！它就在這裡！它不會讓我說出秘密的，會有事發生，一定會有事發生！我知道的太多了。該死！早該知道它絕對是不會放過我的。你快走，快離開這裡，千萬不要再來了，不然你也會死！」

難道他說的並不是瘋言瘋語，難道這棟樓真的是活的，甚至所有的一切都是它造成的？可是，這到底是為了什麼？死了這麼多人，到底，它有什麼目的？！

在遲來的員警一陣又一陣的調查後，我和張鷺走出了警察局。突然感到很累，我滿臉沮喪、全身無力的來到附近的公園裡，嘆了口氣，坐下。

「夜不語……」張鷺不知道該怎麼安慰我，只好柔順的坐在我身旁。

「小時候，小蘭她一直都是個很乖巧的女孩子。聰明，優秀，也很善解人意。如果她沒有遇到過我就好了，全都是我的錯，她變成現在的這個樣子，全都是因為我！」我呆呆的望著前方。

張鷺難過的看著我，突然大聲說道：「傻瓜，這件事根本就怪不了任何人。沒有人做錯了，只能怪天意，它太捉弄人了。」

「哼，天意？是嗎？」我悲哀的仰起頭。

自己像這樣傷心已經多少次了？雪盈，小潔姐姐……總之我喜歡和喜歡我的女孩都沒有好下場。嘿嘿，難道自己真的這麼罪惡嗎？罪惡到根本就沒有喜歡和被喜歡的權利？想到這裡，不禁悲從中來，實在很想痛哭一場。

張鷺像看穿了我的心思，低聲說：「想哭就哭好了，今天我就把自己免費借給你，你……」

沒有等她說完，我已經緊緊的將她抱住。淚不能歇止的流下來，我粗魯的拚命抱緊她，內心卻越來越害怕，我知道，自己再也經不起任何打擊了。

「答應我，不要像她們一樣離開我！」慌亂不穩定的心緒衝破了理智浮現於表，望著張鷺近在咫尺的臉，抽泣著大聲喊道。

「我不會。因為我喜歡你，從第一次見到你時，便喜歡上你了。」張鷺微微張開嘛起的小嘴，輕輕的吻在了我的唇上。

然而，當時她絲毫不知道自己註定會食言，那天，是我最後一次見到她。

張鷺，在三天後，也死了……

□

拊膺哀哀，原本便是形容一個人傷心得捶胸頓足，悲痛欲絕的樣子，現在的我，是不是這樣呢？我不知道，也不想知道，早已忘了在張鷺死後，日子是怎麼過去的，而又已經過了多久。

我輟學在家，每天都望著遠處發呆。

如果說李嘉蘭的死對我是打擊的話，那麼張鷺的死便是痛苦。

驗屍報告說她是死於急性心肌梗塞，但是那重重疑點卻再也引不起我絲毫的興趣。

沈科和徐露雖然也因為失去了好友而悲傷，但是依然每天都打電話來安慰我。

但那些安慰，他們也很清楚不會對我產生任何效果。

頹廢的又過了一個星期。有一封信唐突的寄到了我家。

寄信人居然是張鷺，我緩緩的將信拆開，熟悉的字便露了出來。

□

阿夜：

不知道這樣稱呼你合不合適？不過無所謂了，這是我第一次寫信給你，或許，也是最後一次。

我好怕，真的好怕。

有一種莫名其妙的恐懼，在那次削蘋果後，就在我的內心深處不斷的蔓延，我不知道為什麼，只是奇怪的發現，最近我竟然開始失眠了。

或許這不算一件值得提起的大事。但我的直覺卻總是在提醒我，似乎有某種危險的東西正在向我靠近，越靠越近，它咧著血盆大口在我身旁遊蕩，在等著機會將我吞噬。

已經很久沒有做過夢了，每次從床上驚醒，腦中都只是一片空白，我冒著冷汗，全身因恐懼而顫抖，眼睛也死死的盯著窗簾的右邊角落。

不知為何，雖然那裡什麼也沒有，我卻感覺很害怕，一股股的涼意從脊背不斷的爬上頭頂，而那時候，床頭上的時鐘竟然無一例外的都會停在凌晨五點一刻的位置，不論我換了幾個鬧鐘，那個詭異的現象，卻依然持續的在我的房間裡不斷上演。

我好怕，我將所有的鐘都丟出房間，可是每到凌晨五點一刻，我都會不由自主的清醒過來，而且還會奇怪的發現，自己的睡意居然會莫名其妙的消失得無影無蹤。

我真的不知道該怎麼向你講述發生在自己身上的怪異事情，有一天我又一次在凌晨五點一刻清醒過來，偶然走到窗前往下望，突然看到一個穿著白色連衣裙的女孩騎著腳踏車從我家門前經過。不知為何，我總覺得她的體型很熟悉，像是常常看到的樣子，但由於天色很早，四周朦朦朧朧的，我看不清楚她的樣子。

但從那天起，我就開始注意起她，我發現只要自己一清醒過來，那個女孩就會準時經過我的窗外。每天都是一樣的時間，就連騎過的路線也都一模一樣，就像是清晨不斷重播的錄影帶。

我不知道自己為什麼會那麼在意她。直到過了一個禮拜，我又一次靜靜的站在窗前望著那個女孩路過，突然間一股寒意從我的腳底快速的擴散到全身，我用手緊緊的抓住窗簾，渾身因恐懼而顫抖。

我總算知道那女孩的身影為什麼會給自己一種熟悉的感覺，因為我每天都會在鏡子裡看到，那，根本就是自己的身影！

我的心臟就像被人用力捏住了似的，呼吸越來越急促。

那個騎著自行車的女孩像是感覺到了什麼，她回過頭來衝我笑，嘴向右用力的咧開著，僵硬的笑容裡透著詭異。

沒錯，她就是我！那個臉孔我千百次在鏡子裡見過，我甚至可以在她臉上看到自己昨天才在右邊臉頰長出來的青春痘。

我無力的倒在地上，我甚至可以感覺到有某種東西正在不斷的從身體裡流逝。

我第一次清楚的明白到，恐怕，我就快要死掉了……

我好怕，我不甘心就這樣死掉，我還有許多事情要做……好不容易才有膽量告訴你我的感受，告訴你我愛你，我們還沒有約會過，至少，讓我有時間可以和你一起肩並肩到公園的綠蔭大道走一走，讓我有機會牽著你的手，然後強迫你說喜歡我。

哈哈，其實我知道自己很傻，一到你面前就會變得又粗魯又白癡，甚至連自己最真實的想法也不敢說出口。

你知不知道，我一直都很自卑，所以只好在你面前又吵又鬧，希望你可以稍微注意我。

我真的，好傻……

好想用最後的力氣打電話給你，可是我不想要你擔心，我害怕自己聽到你的聲音時會忍不住哭出來。

好了，就快要寫完這封信了，阿夜，不知道認識這麼久以來，你有沒有一丁點喜歡過我？

如果能親口聽你說有的話，我也能死得瞑目！

還有一點，你要記住，千萬不要到那棟樓裡去削蘋果。我知道阿夜你的好奇心很強，但是我求求你，不要再調查有關那棟樓的任何事情了，那裡有詛咒，不是人類的力量可以抵禦的詛咒。

我和李嘉蘭，還有所有在那棟樓裡逝去的人，全部都被詛咒了……

電話鈴聲又響了起來。是沈科，他靜靜的沒有開口，許久，才沉聲說道：「不論發生什麼事，生活還是要繼續下去，不是嗎？」

我笑了，麻木的大笑。

夜再一次的降臨了。我望著頭頂那片早已被文明污染得一塌糊塗的天空，收起沮喪沉重的心情，拿了一顆紅蘋果走出家門。

我要到那棟樓去削蘋果，這是幾天來，我想到唯一能夠擺脫所有痛苦的方法。

我不管這棟樓到底是不是活著的，它要殺就把我一起殺掉好了！

看看手錶，已經十一點半了，又是個漆黑寂靜，空無一人的夜晚，鬼樓猙獰的聳立在黑暗裡，張牙舞爪卻又悄然無聲。

我深深的吸了一口氣，隱隱感到那棟樓似乎在呼喚著我的名字，它，似乎早就知道我會來，它，一直都在等著我。

我冷笑了一聲，哼，一個連命都不想要的人，還有什麼好怕的呢？

我毫不猶豫的一步又一步踏了進去，登上四樓，踢開右邊的第一個房間。

那個寢室裡，李嘉蘭準備的東西都還原封不動的放著，我將桌子、鏡子、椅子那些東西一股腦的搬進廁所裡，坐下，點燃蠟燭，然後看了一眼鏡中的自己。

在搖爍昏暗的燭光中，自己的臉略微蒼白，沒有任何血色。突然，對面的鐘樓深沉的敲響了，那陣金屬的摩擦碰撞聲越發的刺耳。

鐘聲緩慢的響了十二下，我看看錶，剛好到十二點。去！沒想到那個爛鐘樓這次竟然敲得夠準。

拿起水果刀，我在蘋果上比劃了幾下，便認真的削起來。

呈螺旋狀的鮮紅果皮一點一點的在昏暗的蠟燭光中變長。說實話，我幾乎沒有什麼削蘋果的經驗，從前都是別人幫自己削的，再不然就是將蘋果帶皮一起吃掉，美其名曰增加維生素，所以乍一削下，蘋果皮被我削得又厚又寬，沒有斷掉還真是難得的奇蹟。

好不容易削到了一半，我擦了擦額頭的汗水。不知為何，總覺得果皮在散發出一種怪異，一種令人毛骨悚然的怪異。是錯覺嗎？

「受不了，實在太累了！」我頭昏腦脹的歇下手裡的活，乾脆休息起來。雖然這種過程不過才兩分多鐘，但是卻總覺得比跑馬拉松還累。

不過還算好吧，只剩下很小一部分果皮就可以和果肉完全分離開了。我伸了個懶腰，再接再厲的拿起刀。

突然，一隻老鼠從廁所的一端跑了出來！神經緊張的我被嚇了一跳，本能的將手裡的水果刀向老鼠扔去。

那把刀準確的插進老鼠的身體裡，將牠死死的釘在木地板上，老鼠掙扎了幾下便不動了。

我長長的吐了口氣，就在這時，突然感到全身發冷，廁所裡似乎越來越亮了，這明顯不是一根小小的蠟燭可以發出的光芒。我揚起頭想要確定是不是日光燈亮了，脖子卻偏偏再也不能動彈。

我大吃一驚，是鏡子！鏡子裡正不斷散發出一種十分黏稠的白色光芒。

而且那種光芒還在不斷的加強著，即使我閉上眼睛也毫無用處，白光毫無阻礙的直接投影到了視網膜上。眼前突然一暗，我在鏡中再次看到了這個廁所。

不！不對……不是這個廁所，鏡中的廁所並不像現在這樣空蕩蕩的，那裡有許多擺設。有馬桶，洗手台還有梳妝檯，只不過那裡也像我身處的地方一樣昏暗，而且在梳妝檯的鏡子前也點著根蠟燭。

有個嬌小可愛的女孩正安靜的坐在椅子上，聚精會神的削著蘋果。

那個蘋果還剩下一圈果皮就可以和果肉完全分離開了，女孩顯得更加小心翼翼。她拿著刀細緻的削著，就像在雕磨一顆無價的寶石。

就在這時，一隻老鼠從廁所的一端跑了出來！本來便非常神經緊張的女孩嚇得尖叫一聲，本能的將手裡的東西向老鼠扔去……

下一刻等她清醒過來時，一切都已經完了。她努力的成果被摔成了好幾塊。

女孩頓時愣住了，一動也不敢動。不知過了多久，她才突然哈哈大笑起來！

「呵呵，根本就什麼事也沒有發生嘛。這些傳聞本來就是騙人的東西，哈，剛才我竟然還傻得差點相信了！哈，那隻臭老鼠，看我明天怎麼對付你！」

她笑著，不斷的笑，就像一生也沒有這刻這麼開心過。但她的臉卻害怕的抽搐著，看得出內心深處依然有種揮之不去的恐懼。

女孩像聽到了什麼聲音，她打了個冷顫，毛骨悚然的緩緩轉過頭。

「阿美，妳在做什麼？」一個女孩從對面的黑暗中走了出來。

倪美鬆了一口氣，她拍著胸口說道：「原來是珊珊啊，差點被妳嚇死了。」

「和李嘉蘭的賭，妳當真了？」楊珊珊臉色顯得十分蒼白。

「當然了，她說過只要贏了她，她就做我的朋友。」倪美惋惜的蹲下身，將已經摔壞的蘋果捧起來，嘆了口氣：「看來只好重來一次了。」

「但是我早說過了，李嘉蘭根本就不需要朋友。她絕對不會接受妳的！」楊珊珊氣憤的喊道。

「我知道。」倪美靜靜的望著她，可愛的笑著，「但是總覺得她很孤獨。我想讓她快樂一點。」

「我真的不明白妳！」楊珊珊的臉變得猙獰起來，「妳到底喜歡她哪一點，那個討厭的臭女人！我好嫉妒，我真的好嫉妒！」她歇斯底里的抓住倪美的脖子狠狠的搖著，「妳知不知道，只有我才是最關心妳，最愛妳的！只有我！」

倪美咳嗽起來，「放手哪，珊珊，好痛苦。」她用力想將楊珊珊的手拉開。

「妳不明白，從來就不明白我的心情。」楊珊珊的臉佈滿青筋，她將倪美按到地上，惱怒的吼道：「妳這個臭女人，枉我這麼喜歡妳，為什麼妳總是要勾三搭四？我有哪一點比不上李嘉蘭那三八了？妳說！」

倪美滿臉痛苦的哽著氣，慢慢的全身再也沒有力氣了。

楊珊珊這才清醒過來，她拍了拍倪美，緊張的問：「阿美，妳沒有事吧？對不起，我剛才都不知道是怎麼了……」

但是她沒有得到任何回答。楊珊珊頓時帶著哭腔說道：「阿美，不要嚇我啊，我是無意的，真的是無意的。」

她將耳朵湊到倪美的胸口，沒有心跳！倪美她，已經被活活掐死了！楊珊珊驚叫了一聲，她連滾帶爬的逃出了廁所。

接著傳來她撥電話的聲音。「爸爸，快到倪美家來一趟。」她恐慌的說道：「我，我出事了！」

眼前又是一暗，鏡中的光芒慢慢的收縮，最後消失了……

我愣愣的呆坐著，一時半刻都沒有反應過來，更別說是將剛才看到的東西在腦中整理出來了。

突然，從廁所一個陰暗角落裡有個人走了出來，是女人！赫然是楊珊珊。

她衝我甜笑著，「阿夜，看來跟蹤你是對的。倪美死亡的真相，你已經知道了，對吧！」

「妳這個女人，竟然騙了我兩次！」我慘笑起來，我一向都自認聰明，但哪知道竟然在她那裡陰溝翻船了，而且還不止一次。

「不過你還是知道了真相，嘻嘻，我們就算抵平好了。」楊珊珊笑得很美，她跪到我身前，微微的仰起頭，眼中的異彩流動著，「我們來打個商量好嗎？你幫我保守這個秘密，當然，你可以得到我，可以像奴隸一般差遣我，讓我為你做任何事情。」

我不置可否的笑道：「聽起來，這筆交易好像滿不錯的，不過，這算不算是與虎謀皮呢？」

「當然不是了。」楊珊珊嫣然笑道：「我不是虎，只是隻溫柔的小綿羊罷了。」

她滿臉的歡快，背在身後的右手微微一動，將插在衣帶上的匕首抓到手中，飛快的向近在咫尺的我刺來……

□

楊珊珊瘋了，為什麼會瘋掉？我無法解釋。

那天晚上，她的那一刀當然沒有刺中我，反而被我踢了一腳，她立刻逃了出去。

但是第三天一大早，我就接到了沈科的電話，他告訴我，楊珊珊進了精神病院。

楊珊珊那個當地方警察局長的老爸被某人檢舉鋃鐺入獄，據說是包庇犯罪，包庇他的寶貝女兒誤殺倪美和謀殺黃娟的罪刑。

沈科那個傢伙，不論是什麼八卦新聞，他總是會首先知道。

一直都覺得很迷惑，為什麼那棟樓會讓自己在鏡中看到那一幕呢？它想向我暗示什麼？還是那僅僅只是倪美的冤魂，她努力的想讓我明白她的痛苦、她的冤枉？

突然感覺很疲倦，我躺在床上，望著天花板發呆。

在那棟樓裡削過蘋果的人，全部都死了，雖然早已經知道了鬼樓和蘋果一定有某種未知的聯繫，但是當時，我的認知也只限在那些書面記載的資料上，直到相繼失去李嘉蘭和張鷺後，我才確確實實的體會到，自己太天真無知了，我居然一而再，再而三的低估了那棟樓的恐怖。

我一味的為了滿足自己的好奇心，雖然略微感覺到了張鷺鬥不過李嘉蘭，她們一定會去那棟樓削蘋果的，但是自己竟然沒有去阻止她們，甚至內心還有一絲激動和期盼。

我，真該死！是我害死她們的！不過，同樣削過蘋果的我，應該也快要死了吧，只是不知自己的死法會是怎麼樣的。嘿，希望不要太難看了。

滿心的頹喪充斥在腦海中，我懶洋洋的走出門去，不管怎樣，有一件事必須還是要去做。

王成德在和李嘉蘭一起墜樓的時候，他的嘴唇不斷的閉合著，像是在努力向我表達什麼。我的大腦深深的將那些嘴型記了下來，早晨去請教了一個懂唇語的教授，他告訴我，那是筆記本的意思。

我的腦子轟然一亮，感覺一切都明朗起來，對了，筆記本，沒想到王成德還留了這麼一手！

慢慢的走到王成德的雜貨店，這裡幾天前就被貼上了封條，相關部門正在聯絡他的親友處理善後的問題，由於才死過人，再加上這裡原本就是令人聞風喪膽的鬼樓，附近變得更加蕭條了，我看準沒有人的時候，悄悄用鐵絲將鐵捲門打開，飛快走了進去。

拉下門，深深的吸了口氣，我這才開始尋找起來。

說實話，一個單身男人的房間沒有一個不亂的，但是王成德的居然亂到了藝術的境界。雜亂無章的商品隨意的擺在裡邊，那一間本來當成寢室的小房間裡，有些甚至都放到床上，不經意的看去，真的會產生一種大海撈針的感覺。

不過，那本筆記本還是讓我在床下棉被的夾層裡找到了。

那是本軟皮的筆記本，乍看之下覺得很老舊，但是翻開才發現並沒有用過多少頁。我欣喜若狂的立刻翻看起來，過了許久，我才無力的坐倒在那張又髒又破的床上。思緒亂了，筆記本中的事情，看起來應該是王成德不久前才寫下的，他記載了自己與陸平的友誼，他們怎麼反目成仇，陸平怎麼利用他的弱點來威脅他，還有這棟樓的怪異事情。

為了讓人看起來不太乏味，我將其歸納起來，把不重要的部分刪除掉，記錄在下方：

人活在世上，總會有許多遺憾的事，我是俗人，當然煩惱和遺憾也不少，寫這篇筆記，並不是為了感慨人生，而是為了記載下這幾年來我幹過的蠢事，和陸平一起做的蠢事。

這麼多年來，我一直都很悔恨，同時也在不斷的懺悔，其實很早以前我就該死掉了，但是我卻痛苦的活了下來，忍辱負重，就是為了將所有的事情都調查清楚，也是為了那些冤死在這棟樓裡的陰魂。

我知道，當有人翻開這本筆記本的時候，我一定已經死了，我也知道，翻開它的你，雖然不知道你會是誰，但是你一定有非常強烈的好奇心。

在這裡，我將把自己這些年所知道的、所隱藏的秘密統統都告訴你。

如果有可能，請你代我解開所有的謎團吧！當然，如果你看完後感覺害怕了，想要淺嚐即止，也請你務必將這本筆記本交到那個人的手裡，（後邊是那個人的詳細地址，我猜想是王成德的某個朋友。）他會知道怎麼做。

唉，到底該怎麼作為敘述的開始呢？我提著筆，卻什麼都寫不出來。

還是從十三年前，我還是這個小鎮的鎮長，並結識一個叫做陸平的日本華僑開始吧……

想想，所有的一切，就是從那個時候開始的。

陸平是個很有抱負很有遠見的年輕人，我很快就和他成了忘年交。在一次酒醉後，甚至將一件生平最遺憾的事情不小心告訴了他，從此，我的厄運開始了。

說老實話，我也並不是什麼好人。別人說我是個好鎮長，是個盡心盡責為人民服務的老實人，那只不過是我太會演戲了，我從來就不相信什麼朋友的友誼，所以自己常常有意無意的透露一點自己的把柄給所謂的朋友，這樣會讓他們產生一種優越感，也會覺得我很信任他們，從而使不穩定的友誼長久不斷的持續下去，但是他們絕不會知道，那些所謂的把柄，根本就是無關痛癢的。

沒想到，陸平是個比我更陰險的人，他抓住了我的致命把柄不斷的威脅我，雖然我後悔莫及，但又能怎麼樣，只好不斷的順他的意了。

有一天，陸平神色緊張的找到我。

「我殺人了！」他對我說道。

當時我根本就沒有反應過來，只是淡淡的「哦」了一聲，直到他再次對我重複了一次，我才嚇得將手中的筆都掉到了地上。

「到底怎麼回事？」我儘量平靜的問。

陸平歇斯底里的說：「我不小心，真的是不小心，我沒想到她那麼脆弱，我只是向她求婚，可是她不願意，所以就激動的抓著了她的脖子苦苦哀求她，沒想到她就那樣死掉了。」

我的腦子飛快的轉動起來：「你是想我幫你？」

「求你幫幫我，不然我的理想，我的抱負，什麼都會完的！」陸平緊張的端起茶杯猛灌了一口水，雖然他是在懇求，但是語氣裡卻像是在命令我，他彷彿在說自己如果被捕的話，他絕對會把我的事情宣揚出去。

「好，我幫你這一次。」我頓了頓，說道：「但是從今以後，我希望我們都可以將對方的把柄忘掉。」

「一言為定。」陸平像早猜到了會如此，他笑起來，但那卻不像是寬心的笑容。

被陸平殺死的那個女孩是小鎮西門的賣花女，自小與母親相依為命。此時，她軟軟的倒在地上，衣衫凌亂、殘缺不全，像是被強暴了。

她原本漂亮的臉，猙獰的狠狠瞪視著前方，顯得十分詭異。一襲雪白的長衣上佈滿了點點血跡，而且她的右手裡還緊緊的握著一個被血染得鮮紅的蘋果。

我不禁打了個冷顫，憤怒的衝陸平吼道：「你沒告訴我，你強姦了她！」

「這不重要，重要的是她已經死了。」陸平不慌不忙的說。

這讓我很懷疑，剛才的慌張是他故意裝出來的。

但是現在說不幹已經晚了，我無奈的和他一起將那個可憐的女孩肢解成了五個部分，分別用水泥封在五座當時還在修建的建築物內。

然後我用「失蹤」這個詞彙，安慰了哭得死去活來的那個女孩的母親，也用這個詞彙在兩週後結了案。

就這樣相安無事的過了一段時間，開始陸平還遵守諾言，可不久後又開始威脅起我。

我氣急敗壞的找他理論，但他只是冷笑道：「那件案子你也是同黨吧！」

我無話可說，也沒有辦法抗拒，只好不斷的助紂為虐，直到八年前，我實在無法忍受他一次又一次過分的要求，毅然辭掉了鎮長的職務。

也是那年的不久後，那棟樓建成了。他死在了那棟樓手裡，我欣喜若狂，但是絲毫沒有發現這才是噩夢的開始。

為什麼這棟樓在修建途中突然改變了意圖，從高級旅館修建成了住宅大樓？為什麼這棟樓會有人相繼死去？

謎團一個接著一個的在我的心裡擴散開來，於是我租了一個店面在這棟樓住了下來。

經過這麼多年來的調查，我發現所有的人都死在每層樓的右邊第一個房間裡，而且，他們都是在那棟樓裡接觸過蘋果後才出事的。

我百思不得其解，不過有一點可以肯定的是，這一切，都是因為那個被我們肢解了的女孩。

總有一天，她會來找我的……

尾聲

「老爸，你有三百萬嗎？」

「有。」老爸不解的看著我，突然釋然的大笑起來，「哈哈，我的傻瓜兒子，你終於開竅想去國外留學了。好好，很好！」

我皺起眉頭不悅的說：「不是這回事，我想你用三百萬將六個地方買下來。」

「你又發什麼神經了？」老爸沉下臉。

我為他倒了一杯水，坐到沙發上說道：「嗯，恐怕用普通的方式你是不可能明白的。我們來換個角度說吧，你認為你兒子的命重要，還是三百萬重要？」

「廢話，當然是兒子了。」老爸一眨不眨的盯著我，突然問：「你是不是又遇到什麼古怪的事情？」

「沒錯，所以你不把那六個地方買下來，然後把它們拆掉，你兒子我一定會沒命的。」

「三百萬嗎……哼，是哪六個地方？」

我鬆了口氣笑起來，「大南路九十七號樓，和它周邊的五棟老建築。」

一個星期後，那棟鬼樓以及它附近的十多年前建成的鐘樓，旅館、購物中心、百貨商場、娛樂中心這些早已廢棄的建築物開始拆除。

由於那裡遠離市中心，而且又是鎮政府頭痛的幾座重點鬧鬼房，所以價格開得非常便宜，但是即使再便宜，我也沒想到老爸竟然只用了一半的錢就買下來了，唉，那老頑固果然是天生的商人。

在拆大南路九十七號樓的時候，我要老爸在工地上豎起一塊顯眼的牌子，上邊寫道：「禁止帶蘋果入內，否則後果自負。」

那些建築物整整花了一個多月才拆完。其間我約了沈科和徐露到咖啡館去了一次。

「結束了嗎？」沈科長嘆了口氣問。

我沉默了一會兒，搖搖頭說：「或許吧。除了那棟鬼樓，前些日子工人在其餘五棟建築物裡，找到了分切成五部分的賣花女的屍體。

「就在那個時候，我突然有了個很令人震驚的發現，是關於那六棟建築物的關聯。」

我拿出一張紙，將那六棟建築物的位置畫了下來，並用直線連在一起。

徐露大惑不解的瞪著那張紙，實在是瞧不出有什麼虛實；沈科也是愣愣的凝視著，不斷用手比劃著什麼，突然驚訝的叫出聲來：「五芒星！鐘樓、旅館、購物中心、百貨商場，還有娛樂中心，竟然構成了五芒星的五個角。」

「沒錯！」我點點頭，「這是西方所謂的白色五芒星，據說它可以讓百病纏身的身體好轉過來，是屬於五芒星陣的無害的那一類。」

「無害？那麼為什麼又會死那麼多人？」沈科聲音急促的問。

我緩緩說道：「它本身的確是無害的，但是當它的五個角都被邪靈或怨靈佔據時，就會產生某些異變。它會在最中心點將怨靈的怨恨不斷增強，強到我們無法想像的地步。」

「就算你是對的吧。」沈科沉吟了半晌問：「但記得你和小鷺曾遇到過許多奇怪的事情，而你總說和那棟鬼樓有很密切的關聯。這些你又怎麼解釋？」

我苦笑了一下，「我查過那一百多人的死因，發現一個很大的共同點——他們都在那棟鬼樓的第一個房間裡接觸過蘋果。而根據王成德筆記本的描述，那個賣花女死前，手裡也緊抓著一顆蘋果，我們可以猜想，她和蘋果一定有某種很強烈的羈絆。強烈到她要殺掉所有接觸蘋果的人。」

「什麼樣的羈絆？」徐露好奇的問。

「或許只有陸平和她自己才知道吧。」我嘆了口氣繼續說道：「至於我前些日子遇到的奇怪事件，現在已經有了一個很合理的解釋。三天前我去請教了一位大師，他告訴我，被強大的怨靈害死的人，他們的靈魂是無法升天的。他們會被禁錮住，變為地縛靈，永遠無止境的徘徊在他們死掉的地方。」

「好可憐！」徐露和沈科深深的吸了一口氣。

「不用擔心，我們把那個賣花女的屍體安葬後，那裡的怨恨也消失了。那些枉死的幽魂也應該擺脫了束縛吧。」

「但是王成德應該也是那個賣花女要報復的對象吧，為什麼他竟然能在那棟鬼樓裡安然無恙的活了將近十年？」沈科迷惑的問道。

我苦笑道：「那些鬼魅詛咒的事情，根本就沒有規律和道理的，如果牽強一點猜測的話，或許是因為王成德還有活下去的價值吧。」

「對了！」我從衣袋裡掏出一個菸盒大小的黑色鐵盒子，放到桌上，「這是從那棟鬼屋裡挖出來的，你們知道是什麼嗎？」

沈科拿在手裡掂了掂，「很沉，是不是鐵塊？」他將它翻了一面，突然咦的叫出聲來：「這裡還有生產地。」我將頭湊過去，看到他的手指在 Made in USA 的字樣上。

「美國製造的！」沈科迷惑的抬頭望著我。

「不，是日本製造的。」我指著在一個很不顯眼的地方刻著的昭和十三年的字樣。

「但是這裡明明有 Made in USA 的字樣啊！是不是刻錯了？」徐露也大惑不解起來。

我搖搖頭，「沒有錯。我記得在一本書裡看過，日本有一個叫做烏薩的城市，直到第二次世界大戰結束前，凡是那個城市出產的商品，都會被打上了 Made in USA 的字樣。USA 是烏薩的日文拼音。」

「那……那麼這玩意兒是二戰前後的東西？」沈科大吃一驚。

「沒錯！準確的說，是一九三八年製造的。」我將那個鐵塊般的東西放在手心裡玩弄著，聲音又低沉了下來。

「那麼對於這個東西，你有什麼頭緒嗎？」沈科重重的靠在椅背上。

我苦笑道：「完全沒有，但我認為它一定和那棟鬼樓有很深的關聯，切不斷的關聯。」

「什麼關聯？」

「不知道。總之，我不太相信這個白色五芒星是偶然形成的，而且那個叫陸平的日本華僑我總覺得他有問題，似乎沒有表面上那麼單純。不過誰知道呢？真相恐怕只有到日本去，才有可能弄得清楚了。」我哈哈的乾笑起來，站起身，走了出去。

這個事件看似結束，但又好像仍有許多謎團還沒解開。

一直在想，為什麼我會在鏡子裡看到那一幕？如果沒有看到那一幕，我或許已經被楊珊珊殺掉了吧。那麼，到底是誰救了我？

還有陸平，他的所作所為真的不簡單，但又似乎有什麼不為人知的秘密。

漫無目的的走在街上，我拚命的搖著頭，想將所有的煩惱都甩掉，但是最後，我終究買了兩束花走進了墓園。

李嘉蘭和張鷺的墓碑並排放在一起，照片裡，她們的笑容很美，也很甜，就像是知道了我會來一般。

「對不起，我沒有去參加妳們倆的葬禮。」我將花輕輕的放在墓前，柔聲說道：「其實我是想去的，但是我害怕，我真的很害怕……因為真正該死的是我，是我的好奇心害死了妳們！」

愣愣望著她倆的照片，心又如刀絞般的疼痛起來。「該死！今天的風沙真大！」

我用手抹去剛流出的眼淚，終於又再次違背了絕對不哭的誓言……

哭了……

番外・痂

痂，指的是傷口或瘡口表面上由血小板和纖維蛋白凝結而成的塊狀物，傷口或瘡口痊癒後自行脫落。

這個世界有許多奇怪的人，或許正是因為他們的存在，所以才更能突顯出大多數人的正常。不過奇怪的人在正常人的眼中，終究是一舉一動都奇怪的。例如異食癖患者，他們的行為舉止，就很難讓自詡為正常者所接受。

這是一個看似講述異食癖患者的故事，但有沒有想過，異食癖的背後，或許還深深隱藏著更為可怕的真相？一個你完全難以想像的真相！

很多事情，其實知道了，比無知，還要驚悚得多。

第一章

人生恍如一場電影，晃來晃去，經常在最後幾分鐘劇情急轉直上，又或者急轉直下，總之快得難以想像的便結束了。看來看去，其實每部電影的套路都一樣，男主角、女主角、相遇、發展，然後高潮，於是結尾。

簡晴覺得自己的人生也和電影差不多，就算有區別，區別也只是沒有人生高潮而已。

她今年二十八歲，有過三段感情，不過每一段都糟糕透頂。至於她的老爸和老媽，這兩個傢伙的婚姻就像是松鼠隨意嗑下的兩顆種子，正好埋到一起，就一起長出來而已。聰明的簡晴早就在懷疑愛情這個只在二月過了一半時跑出來的東西是不是真的存在了。

畢竟二十八年了，她從未嚐過愛情的滋味。

直到她在某一天遇到了張翔，兩人就像認識了幾輩子似的，迅速陷入愛河，越墜越深，在交往了兩個月後，便張羅起結婚的事情。

中國人的傳統，結婚一定要有房子。畢竟生物界也是如此，雌性尋找的永遠是身強體壯、骨骼健壯、有窩、有競爭力的雄性。這是物競天擇的本能。但為房子的事情，簡晴最近實在是操碎了心。

她的未婚夫並不富裕，兩人加起來的存款也很難在這個城市付房子的頭期款。所以她特地請了幾天假，找了幾家仲介公司，慢慢尋找物美價廉的二手房。

昨天，有家仲介公司打電話來，說手裡有間房子符合簡晴的需求，價格也很便宜。房東移民了，所以才打算低價處理掉。簡晴聽到後，足足興奮了一整晚。第二天一大早，就在姑姑的陪同下跟著仲介公司的人跑去看房了。

姑姑抱著剛九個月大的孫女，笑得樂呵呵的，一見她就老生常談，「我們簡單啊，終於要結婚了。妳看妳妹妹，才二十五，孩子都快一歲了。妳也抓緊點！」

簡晴摸著額頭，苦笑不已。「簡單」是自己的小名，唉，人生如果真的如同自己的暱稱一般，簡簡單單的該有多好？

仲介是個四十多歲的中年男性，長得有些猥瑣，不過倒是很健談。他總是會在最適合的地方插嘴，然後將自己手裡的房子介紹一遍。簡晴看中的房子在這個城市的三環外，中等住宅區，交通便利而且離超市很近，屬於十分精華的地段。在平時，女孩是想也不敢想在附近買房的。但這次房東開出的價格真的很誘人！

下了車，姑姑看了一眼周圍的環境，眉頭有些發皺，「這麼好的地段，居然比外環還便宜一成，你賣的房子不會死過人吧？」

「怎麼可能！」仲介信誓旦旦的道：「這間房子沒有裝潢過，更沒有住過人，怎麼可能死過人。」

「但太便宜了，我總覺得有些邪乎。」姑姑撇撇嘴。

「您啊，放一百個心。我早就跟簡小姐說過了，這間房子的主人要移民了，以後應該也不回來了，急著脫手，所以才會比市價便宜兩成。是好是壞，進去看看不就知道了。」仲介一邊說，一邊帶路。

這棟樓可能剛蓋好不到三年，社區裡的綠化很不錯。一路看過去，簡晴越看越滿意。坐電梯上了十八樓，仲介掏出鑰匙打開之四的大門，示意大家走進去。

姑姑看了看門牌號，18-4，不由得不樂意起來，「這個門牌號也太可怕了吧。又是十八層地獄，又是死的，不吉利！」

簡晴苦笑道：「姑姑，不要太迷信了。人家18也可以翻譯成『要發』，4也有四季發財的意思嘛。」

「您看，人家女孩子就是會說話。」仲介樂了，「如果心裡有疙瘩，可以問問附近鄰居。這裡被房東買下後，就沒住過人，更沒有其他問題。」

「但價格太便宜了……」姑姑嘀咕著，用手將懷裡的嬰兒往上摟了摟。

這間房三房一廳，有兩個陽台，每個房間都有景觀窗，很乾淨漂亮。房子朝南，白天的陽光非常充裕。充足的陽光透過玻璃照在地上，暖洋洋的。房子確實沒有經過裝潢，更沒有住過人。簡晴更加心動了，她盤算了一下，自己跟未婚夫存下來的錢付頭期款完全沒問題，說不定還能剩下一些，再從家裡和朋友手中借一些將房子裝潢一下，就能當新婚房使用。

房子以現在的價格買到手，完全是物超所值！

「姑姑，妳覺得呢？」簡晴轉頭詢問長輩的意見。

姑姑逐個房間又看了一遍，「看來看去似乎也沒什麼不好的，就是價格，太便宜了。」

「能買到又便宜又好的房子，完全是運氣。過了這村就沒這店了，我們公司還沒有將房屋資料掛出去，如果往門口一掛，不知道有多少人會擠過來買。」仲介語氣很唏噓，「這樣的房子，這麼不錯的價格，我從業二十多年了都很少見到。」

「那我回去問問男友的意見，明天給你答覆。」簡晴其實已經打定主意非這裡不買了。

正出門時，姑姑懷裡的侄兒突然撕心裂肺的哭了起來，刺耳的哭聲把所有人都嚇了一跳。只見九個月大的嬰兒一邊不斷地哭，手一邊胡亂揮舞著，黑漆漆的瞳孔圓睜開，一眨不眨的看著客廳的某個角落。

「乖乖，不哭，不哭。」姑姑怎麼哄都沒辦法將侄兒的哭聲哄停歇，簡晴站在門檻前，順著侄兒的視線看過去。客廳裡空蕩蕩的，只有溫暖的陽光，和明淨的玻璃。她並未看到任何異常。但最為奇怪的是，剛離開屋子的大門，將門鎖上後，侄兒的哭喊立刻消失。嬰兒閉上了眼睛，安心的睡了過去！

走廊中恢復了平靜，彷彿侄兒世界末日般的哭喊，都只是幻聽似的。

姑姑有些害怕的拍了拍嬰兒的背，「簡單，這房子肯定有古怪。都說嬰兒的眼睛是最純潔的，妳沒聽說過兩歲以下的孩子能看到鬼嗎？許多人去買房子或者租房子時，都愛帶上一個未滿兩歲的孩子。如果進門孩子哭了，那這間房子千萬不能要。就算房租再便宜都不行，因為房子裡可能住著某些看不見的東西。」

「姑姑，妳太迷信了。」簡晴嗔怪道：「小侄兒哭，只是個意外啦。」

仲介有些尷尬的站在原地，建議道：「這樣吧，我幫妳們把房子資料留幾天，妳們考慮考慮，再在附近問問情況。」

「那就麻煩你了。」雖然簡晴不信有鬼，但小侄兒的哭聲還是弄得她有些心悸。她決定回去跟未婚夫多商量一下，再在晚上查查這間房子的事情。

當晚，她和張翔討論了很久，又特別在本地論壇問了同棟的住戶，並不覺得有任何問題。論壇中有個 ID 叫做番茄的人，甚至還認識屋主，證實房東確實要移民急著用錢，這才以低於市價賣房子。

兩人心一橫，便在一個禮拜後將房子買了下來。姑姑雖然依舊嘀咕著，但並沒有說太多。小倆口很快的結了婚，抽出一筆錢將新婚房簡單的裝潢了一下。事情，完全向著美滿幸福的方向發展，如果不是因為一次意外的發現，簡晴大概會認為自己生活在蜜中，甜得死去活來。

在入住後的第三個月，女孩打掃客廳，卻在沙發下隱晦的位置掃出了一個噁心的東西。

第二章

這世界上噁心的東西很多，但是讓一個結婚的女人害怕的東西，恐怕會更多。例如不孕、神經失調、歇斯底里。嗯，諸如此類。不過簡晴找到的東西屬於物質層面，嚴格來說，是一片指甲大的痂，就是哺乳類動物受傷後，血小板凝固成的塊狀物。

痂反射著冷冰冰的暗紅色，靜靜的和一些垃圾堆積在一起，開始時她並沒有在意。可是沒過幾天，居然又從沙發下邊掃出來了一塊。簡晴回憶了片刻，完全想不起自己和張翔什麼時候受傷過。

痂雖然只有指甲大，但對應的是指甲蓋大小的瘡口，這就有些令人在意了。

後來的幾天，簡晴每次打掃整理時，都注意沙發底下。讓她驚悚的是，每次她都能掃出一塊指甲大小的痂，不多不少，只有一塊。女孩抽了個晚上特意問自己的丈夫有沒有受過傷，丈夫疑惑的搖頭。

簡晴十分迷惑，除了迎親的時候來過人，自己這個甜蜜的小屋中就沒有任何人來過。誰會將瘡口上的痂摳下來，扔在自己家的沙發底下呢？

女孩特意將沙發移開徹底清潔，可下邊除了一些灰塵外，空無一物。

第二天，簡晴再次打掃起房間，清潔沙發的時候，心裡稍微有些擔心。可是今天並沒有痂出現，她不由得鬆了口氣。

或許是結婚時，某個衛生習慣不好的無良朋友或親戚將身上的痂弄下來丟到隱蔽處的吧！簡晴將這件事當作噁心笑話講給了丈夫聽。

張翔義憤填膺的跟她一起聲討了那個不知名字的討厭親朋，還準備將這人揪出來斷絕關係。

不過簡晴的好心情並沒有持續多久，搬入新家的第九十五天，她尖叫一聲，一屁股坐在地上。掃帚扔得老遠，簸箕裡的垃圾為此，灑得到處都是。

在女孩眼前的垃圾裡，赫然躺著一塊痂，一塊指甲大小，反射著暗紅光澤的痂。

簡晴越看越噁心，她捂住嘴逃也似的跑到廁所吐了起來。足足十分鐘，女孩才虛弱的撐著腰。她鼓足勇氣回到客廳，撿起掃帚將垃圾和那塊莫名其妙出現的痂掃入簸箕裡，正想將這些髒東西放入垃圾袋扔到樓下時，簡晴突然在出門時停住了腳步。

她皺著眉頭，彷彿想起了什麼。她走進廚房抽出拋棄式塑膠手套，戴上。然後將垃圾袋撥開，尋找到那塊痂，湊到眼睛底下仔細打量著。

鬼使神差的，簡晴舔了舔嘴唇，心裡一股噁心和難以接受的欲望湧入腦海，完全難以壓抑。手中剛從垃圾裡揀出來的痂離她的紅唇越來越接近，簡晴無意識的伸出舌頭，似乎想要舔舔那塊痂，嚐嚐味道。

就在這時，她突然清醒過來。簡晴猛地將腦袋向後挪，手指夾著的痂再次面目可憎起來。就算是隔著拋棄式的手套，也有股瘮人的難受。她將痂快速扔進袋子裡，提著垃圾下樓丟掉。

簡晴回家，關門，深深吸了口氣。她看著鏡子中臉色蒼白的自己，不由得覺得毛骨悚然。剛才的她究竟是怎麼了？為什麼會有吃掉那塊痂的欲望？難道自己的腦子出了問題？

這個問題，沒有人能夠解釋。她也不敢告訴自己的老公，害怕他嫌棄自己。

日子，一天一天的過去。

簡晴幾乎每天都能在沙發底下的同一位置找出一塊痂。每塊痂都幾乎一模一樣，可奇怪的是，不論她是將其扔掉還是留下來，痂都會在一夜過後消失不見。而沙發下的空間，簡晴搜索過無數次，就連沙發本身也找了數遍，還是找不到出現痂的原因。

她覺得，自己快要被這些完全不知道為什麼出現的痂給逼瘋了！

運勢這種東西看不到摸不著，但有很多跡象表明，它確確實實存在著。或許用科學點的說法來討論運勢的話，應該大部分都和一個人的性格以及當前的情緒有關聯。

幾乎是一夜之間，簡晴感到自己的生活和運氣簡直糟糕透了。最近她因為家裡出現詭異的痂，精神恍惚得厲害。精神一不濟，工作自然也會受影響。連續在公司裡幹了幾件自己都覺得白癡的失誤後，人事部很親切的給了她一封解僱信。

躺在沙發上，透過落地窗看著陽台外的車水馬龍，簡晴跳下去的心都有了。老公默默坐在她身旁，安慰道：「不過就是丟了工作而已，我能養妳的。晴，我們也到了要生孩子的年紀了，妳最近就安心的閒在家裡備孕吧？」

「嗯。」她還能說什麼，只有鬱悶的點了點頭。視線落在沙發上，她看著那塊老是出現怪痂的位置，心底有些發寒，可更多的卻是一股說不清道不明的欲望。就連她自己，都搞不懂自己的心態。

失去工作的前幾天，簡晴猶如行屍走肉一般，她覺得時間多得不知道該怎麼揮霍。房間也懶得打掃，屋子亂七八糟的似乎也很溫馨。只不過，不論是白天還是黑夜，只要她一個人待在家裡，就總是會感到一股窺視感。那股被瞧得就連血液和骨髓都感到陰冷的視線讓簡晴十分不舒服。

她到處尋找視線的來源，可找來找去，最後找到了意想不到的地方。簡晴後背發涼，寒毛一根根的豎起來。那個盯著自己看的視線，居然也來自沙發底下，那塊滋生了痂的位置。

她抱著自己的胳膊，夏天的太陽無法為她帶來一絲一毫的溫暖。簡晴只感覺冷，徹骨的冷。她不想一個人待在家，打電話給老公，卻只得到加班會晚點回來的討厭消息。於是她換了一身衣服出門逛街，直到晚上八點過才進屋。

家裡黑漆漆的，老公並不在。

不！不對！鼻子裡明明聞到了一股陌生的氣味。難道是有小偷？簡晴緊張得要命，她下意識的按開了客廳的燈，腳筋繃緊，只要一不對勁就立刻奪門而逃。隨著燈光的亮起，屋內的景物反射著光芒，映入眼簾。簡晴看到了亂糟糟的家，還有趴在地上呼呼大睡的張翔，這才按住狂跳不已的心口，舒了口氣。

原來自己的老公爛醉在地板上，甚至因為燈光的原因，不滿的動了動嘴，翻了個身。

簡晴將手提包扔到餐桌上，看著躺在沙發旁睡得很香甜的張翔，不由得伸出手指戳了戳他的臉，然後惡作劇得逞的露出笑顏。她突然覺得心裡輕鬆了許多，自己有個很好的老公，還有不錯的家庭，又有什麼事是邁不過去的呢？

她在老公的額頭上親了一口，鼓足力氣準備將這傢伙從地板移到寢室裡。張翔的手伸入沙發下，正好是出現痂的地方。簡晴並沒有意識到這點，她就是有些小疑惑。奇怪了，老公的樣子明明爛醉如泥，可為什麼親他的時候聞不出任何酒味呢？

抱著疑惑，一夜很快過去。早晨醒過來時她將這個問題問了出來：「你昨晚喝酒了？」

「沒有啊。」張翔撓撓亂糟糟的頭，將牙膏擠在牙刷上，「我手上的事情結束就直接回家了，晚飯都沒吃呢。」

「可你明明爛醉如泥一樣的倒在沙發邊的地板上。」簡晴托著下巴想不明白。

張翔一邊漱口一邊含糊不清的說：「回來的時候覺得有些累，就試試躺在地板上。

沒想到挺舒服的，一不小心就睡著了。」

「可你昨晚的樣子，真的跟醉酒似的，臉上發紅發燙。一整晚都在說醉話！」簡晴回憶著昨晚睡覺後的事，有些後怕。老公似乎醉得一塌糊塗，在床上翻來覆去，一邊用低沉的聲音說著她聽不懂的話，一邊抬起手腳在半空中揮舞。折騰了大半夜後才逐漸安靜下來。

這跟發酒瘋有什麼區別？可，她確實沒有從他身上聞到一絲酒味。老公說他沒喝酒，難道是吃錯了東西？簡晴有些擔心，「你今天乾脆別上班了，去醫院看看吧！」

「不行，今天有個重要的會議要開，我可是主角。」張翔搞不懂自己的妻子幹嘛要小題大做，一覺醒來就用帶著黑眼圈的古怪眼神看他。

洗漱完，又拿起電動剃鬚刀在嘴旁比劃著。他從鏡子中突然看到自己手臂內側有一塊指甲大小的痂。張翔完全不記得自己什麼時候受的傷。痂在燈光下反射著暗紅色的光，表皮粗糙，無數深紅色的線狀物如同血管般密佈。他伸出手指戳了戳，完全不痛，看來痂已經乾了，不久便會脫落。

張翔用指甲刮了刮，突然一陣尖叫刺痛了他的耳膜。那股尖銳的叫聲彷彿近在咫尺，有人湊過嘴在他耳邊呼喊般，聲音也難聽到無法形容。

就像是，從地獄中傳來的聲音。

「剛才是妳在叫嗎？」他朝外邊的妻子喊了一聲。

「你說什麼？」簡晴疑惑的走過來，「我一直在廚房裡做早飯。」

「奇怪了，那剛才誰在我旁邊慘叫？」張翔皺了下眉頭，「難道是幻聽？」

沒有再管這件事，他只覺得右手臂上的痂很難看，乾脆用指甲弄下來。這一次沒再聽到過怪叫，那塊痂彷彿本來就不屬於他，很輕易就剝掉了。只是痂與皮膚之間黏著許多噁心的液體，如同藕粉般，而且臭到鼻子難受。

那股臭味比在肚子裡發酵了十多天的排泄物更難聞。脫離體表的痂紅得更黯淡了，張翔本來還覺得噁心，想要立刻扔進馬桶裡沖走。可走了幾步後，視線卻直愣愣的停留在反射著詭異光芒的痂上。

不由自主的，他的喉嚨聳動，一口唾液被吞進了肚子中。

腦海裡有股難以壓抑的欲望，大腦指揮著神經，痂的模樣佔據了他所有的視覺。張翔終於忍不住了，他將那塊痂放入嘴裡，咀嚼了幾下，然後吞了下去。

等他的意識恢復後，胃部頓時不斷地蠕動抽搐，張翔噁心的趴在馬桶上不斷地吐，可是卻什麼也沒有吐出來。他臉色發白，什麼胃口也沒有，撐著搖搖晃晃的出了門。

簡晴眨巴著眼，看著一桌子的早飯發呆。自己的老公究竟怎麼了？為什麼失魂落魄的模樣？難道是工作壓力太大？

雖然有這樣一件插曲，可隨之的幾天，她的心情卻越來越好。本來每天都能在沙發底下莫名其妙冒出來的痂，再也沒有出現過。

一連幾天都沒有出現，簡晴總算是鬆了口氣。生活似乎漸漸朝著好的方向轉動，可她根本沒意識到。或許她所謂幸福的人生，只不過跟紙張一般脆弱，一戳就破。

而戳破幸福的手指，正是來源於半個月後的驚魂遭遇。那晚，她在熟睡中聽到了奇怪的聲音，然後醒了過來……

第三章

聲音很奇怪、很刺耳，她恍然間似乎夢到了一個很古老的童話故事。小時候還沒死的姥姥就愛在自己哭鬧的時候講這個故事，姥姥說很久很久以前，有一對小姐弟，上了熊家婆的當，被抓住並帶到一間屋子裡。

天黑以後，熊家婆要吃人，又怕一下對付不了兩個。於是，她把兩姐弟帶上床睡覺，弟弟和熊家婆睡一頭，姐姐睡另一頭。半夜裡，姐姐聽見熊家婆在喀嚓喀嚓地吃東西，好像是在啃骨頭。

偷偷一看，原來熊家婆正在吃她的弟弟。她嚇得不得了，但又不敢驚動熊家婆。於是，假裝要尿尿，讓熊家婆放她出門。熊家婆怕她跑了，便拿出一根繩子，一頭拴在小女孩手上，一頭自己捏著。小女孩出門後，趕快解開手上的繩子，並把它拴在樹上。熊家婆吃著小男孩，隔一會兒就拉拉繩子。過了好長時間，還不見小女孩回來，等她跑出去一看，前者早已不見蹤影。（詳見《夜不語詭秘檔案203：熊家婆》）

對了，那聲音就像是有人在她身邊嗑著蠶豆，又像是在啃骨頭。聲音很細碎，但在午夜寂靜的房間裡卻是那麼的刺耳。

簡晴醒了過來，她掙扎著張開眼睛，手下意識的摸了摸身旁。左邊的床空蕩蕩的，老公不在。她不由得晃動腦袋尋找張翔去了哪裡。可視線剛一移動，就看到右側的窗簾被拉開了，月光如水般灑落在地板上，印著人影。

那人影很熟悉，正是自己的老公。他背對著自己，正「咯吱咯吱」的不知道在偷吃什麼。屋裡黑漆漆的，張翔又背著光，讓她實在有些毛骨悚然。簡晴咳嗽了一聲，小聲問：「老公，你在吃什麼？」

沒想到自己的聲音竟然嚇了張翔一大跳，他急忙將手裡的東西扔到了窗外，轉過頭，臉色蒼白得沒有任何血色：「沒，有些肚子餓，隨便在冰箱裡找了點東西吃。」

「是嗎？吃完東西記得漱口再上床。」簡晴疑惑的看著老公向外扔東西的姿勢，可眼睛卻捕捉不到任何東西。或許是他丟掉的只是些食物殘渣，自己沒辦法看清吧。她沒有太在意，就是覺得腿有些發癢。前幾天摔了一跤，大腿內側流了點血，結疤後應該就要好了。

用手撓了撓，突然覺得有些不對。指頭觸摸到的全是一層軟肉，哪裡還有痂？難道是睡覺時候不小心撓癢癢給撓掉的？

從那天開始，簡晴就覺得老公有些變了。雖然還是那麼愛她，那麼愛說甜言蜜語，可在她眼裡，張翔的行為舉止總是透著一些詭異。他的飯量越來越少，人也開始瘦下來。不過精神還不錯，臉上的血色像是用胭脂抹上去似的，陽光一照就變白，到了晚上就紅潤的透著血光，怪得很。

而且，老公常常在晚上背著她吃東西。經常午夜被他吵醒，看到他吃得津津有味，但是第二天她去廚房和冰箱裡找找，卻發現什麼食物都沒有少。

日子就在古怪的氣氛裡流逝。一個月後的一天，簡晴的閨蜜遇到車禍住院了。他們買了一些禮品去慰問。

閨蜜傷痕累累，腳還被石膏固定住。簡晴跟她八卦了一陣子，張翔感覺她倆的話題很無聊，便掏出手機玩個不停。只是視線，卻若有若無的徘徊在病床附近。閨蜜被若有若無的視線盯得不舒服，抬起頭疑惑的看了看，卻一無所獲。

「親愛的，幫個忙，扶我去廁所。尿急！」聊到高興的時候，閨蜜突然說，她尷尬的臉有些發紅。

簡晴噗哧一笑，「沒想到妳也有今天啊，趕快找個男人嫁了吧。」

她一邊說一邊扶著閨蜜緩緩向廁所走去。一旁玩著手機的張翔見兩人進入廁所後，突然站了起來。他眼神裡散發著刺眼的欲望，貪婪的將臉靠在床上摩挲，雙手不斷在床單上摸索。

很快他就找到了許多黑漆漆的片狀物，那是老婆閨蜜因為受傷而掉落的痂。張翔彷彿找到了寶貝似的，急忙從身上掏出一個保鮮袋，將收集到的痂藏起來。他將床單上的痂收拾得乾乾淨淨，嘴裡不斷地分泌著唾液，嘴饞得要命。胃部有股緊縮感，大腦也在混亂的發出亂七八糟的指揮。

張翔忍住內心深處的欲望，他眼瞅著廁所的門，在兩個女人走出來的前一刻坐回了椅子上。仍舊拿著手機，玩得津津有味的模樣。

辭別閨蜜回家後，簡晴坐在沙發上，她用目光看著自己的老公，覺得他越來越陌生。

「你在小雨的病床上找什麼？」她看著準備走進書房的張翔，突然問。

「沒什麼，覺得她的床有些髒，幫她拍了拍。」老公的身體猛地一頓，轉過頭看她，眼神卻躲躲閃閃。

簡晴越想越可疑，「你不覺得不正常嗎？平時在家裡，從來也沒見你拿起過掃帚。你會是那麼愛乾淨的人？何況我的閨蜜跟你又不熟，你沒事還在家裡諷刺她幾句，說她把我帶壞了。她，你會關心？」

「那妳覺得我在找什麼？」老公臉有慍色，反問道。

「就是不知道，我才想問你。」簡晴倔強的看著老公的眼睛，「我看到你在小雨的床上撿了些東西，然後藏了起來。」

「妳在懷疑我偷東西？那妳自己去問妳閨蜜，看她有沒有丟什麼吧。」張翔懶得再多說，他似乎很氣憤，幾步走進書房門後，還用力的將門關了起來。

門使勁的合攏了，發出刺耳的碰撞聲。

簡晴的腦子有些亂，她自然不會相信老公會偷東西。可他究竟在閨蜜的床上摸索著什麼？那副貪婪的模樣，猶如看到了獵物的狼。那一幕是她透過廁所的磨砂玻璃偶然看到的，她根本沒辦法形容自己老公那一刻的可怕神情。

張翔，他究竟是怎麼了？工作壓力太大，病了？

不管怎麼想，她都想不出個所以然。寂靜的客廳，只有她一個人呆呆坐著。突然，書房裡發出了一股奇怪而又熟悉的聲音。簡晴皺了下眉，躡手躡腳的湊過去，將耳朵貼在門板上仔細的聽。

那聲音雖然輕微，但果然很熟悉。就一如午夜老公跑起來加餐，吃著她從沒看清的食物時，發出的咀嚼和脆響。

「咯吱、咯吱。」

她的老公張翔，究竟在書房裡吃什麼？

好奇心猶如毒蛇一般在心底滋生，簡晴迫切的想弄個明白。她想推開門，可門卻朝裡邊反鎖住了。隨著鎖發出聲音，裡邊的咀嚼聲也戛然而止。

門被迅速打開，張翔陰沉著臉，用冰冷的視線一眨不眨的盯著她看。簡晴愣了，依舊保持著偷聽的姿勢。

「哼。」老公哼了一聲，沒多話，甩手就出了門。

簡晴在原地待了一陣子，然後咬了咬嘴唇，走進了書房中。老公不論在吃什麼，應該都會留下痕跡。只要仔細搜索一番，應該能找到蛛絲馬跡才對。她一邊思索張翔最近的古怪，一邊尋找所謂的「蛛絲馬跡」。

沒過多久，真讓她給找到了一些奇怪的碎屑。

「這，這些到底是什麼！」視線接觸到的一瞬間，簡晴整個人都愣住了。

第四章

每個人多多少少都有偏愛的食物，例如簡晴，她喜歡吃水煮青菜。而她的老公張翔，喜歡吃回鍋肉。只是沒想到，張翔對食物的嗜好，最近又多了一個。

簡晴在地板上發現的碎屑是咀嚼後留下的，看不出模樣形狀，可是怎麼看都覺得很噁心。她用手沾了一些仔細打量，心裡隱隱有種不好的猜測。她將書房打掃乾淨，心亂如麻。手裡拿起電話猶豫不決，終究還是撥通了閨蜜的手機。

「小雨，妳病房的床上有沒有少什麼東西？」她吞吞吐吐的問。

閨蜜疑惑的說：「沒有啊。」

「是嗎，那就好。」簡晴正要掛斷電話，突然聽小雨輕聲嘀咕道：「說起來我似乎傷口快好了，今天護士來換床單時，還稱讚我的床乾乾淨淨的。以前每次都會掉許多痂上去，今天下午一塊也沒找到。嘻嘻，我的傷肯定恢復得不錯。」

剛聽完，簡晴的腦袋就彷彿被石頭砸中了似的，一片空白，怎麼都沒辦法反應。她行屍走肉似的掛斷電話，望著天花板發呆，一直發呆，大腦裡只留下了一個字——痂！

她總算搞清楚老公在閨蜜病床上在找什麼了，是小雨傷口上掉落的痂。突然想到許多天前的那個午夜，張翔在床邊上背對著自己吃東西。吃的或許就是從自己大腿內側傷口上剝下來的痂。

他為什麼會突然有食痂的習慣？真是太噁心了！不由自主的，簡晴猛地又想起了沙發底下每天都會詭異出現的那塊痂。自從那次老公醉倒在地板上後，從此就再也沒有出現過。可那天她明明沒有聞到酒味，可老公偏偏是一副喝醉的模樣。

太奇怪了！

現在想來，那股味道似乎還清晰的縈繞在鼻尖。古怪、而且還帶著一絲噁心。彷彿微弱的臭豆腐的氣味！

簡晴手腳冰冷、不知所措，她打開電腦在本地論壇上發帖求助。又查了查老公的症狀，很快，「異食癖」這個詞就映入了眼簾。

「所謂的異食癖是由於代謝機能紊亂，味覺異常和飲食管理不當等引起的一種非常複雜的多種疾病的症候群。從廣義上講異食癖也包含有惡癖。患有此症的人持續性地咬一些非營養的物質，如泥土、紙片、污物等。過去人們一直以為，異食癖主要是因體內缺乏鋅、鐵等微量元素引起的。但醫生們認為，異食癖主要是由心理因素引起的。

異食癖的孩子的表現就是異食，較小的東西吃下去，較大的東西就用舌頭去舔，不聽人勸阻，躲在一邊悄悄吞食，其危險不在於其行為本身，而在於兒童吃下去以後對身體的危害，可引起多種疾病。」

異食癖？簡晴完全能確定她的老公從前絕對沒有這些症狀。要說是心理壓力太大，也從沒跟她提及過。她越想越覺得古怪，老是感到發生在張翔身上的事情肯定不簡單。畢竟發現痂的時候，自己也有將其吞下去的欲望。

難道，自己也是異食癖潛在患者？不對，一定是哪裡出了問題。如果真的是病的話，也應該早些治療。

晚上，等張翔回家後，簡晴決定跟他攤牌，「你去哪了？」

夜色漸濃，窗外的車水馬龍霓虹燈光將夜晚映得五顏六色。可她心裡卻說不出的煩惱，甚至有些恐懼。

「有些煩，出門透了透氣。」張翔臉色紅得厲害。簡晴眯著眼睛，胃裡一陣陣翻滾，忍不住差點吐出來。老公長得很帥，可一想到他將痂放入嘴裡、津津有味的咀嚼，然後愉悅的吞下去，她就感到不寒而慄。

「我看你，是出去找晚上偷吃的那些東西了吧。」簡晴緩緩道，她強忍著嘔吐慾，看著老公紅潤的臉。似乎每到晚上，老公偷偷的吃了痂後，臉就會發紅，猶如醉酒似的。

張翔吃了一驚，矢口否認，「沒有。」

他心虛的就想回臥室，卻被妻子攔住了，「別瞞著我了，我知道你在小雨的床上找什麼。也知道你每晚都背著我在床邊上吃什麼。是痂吧？你怎麼會突然喜歡吃痂了！」

話剛說出口，張翔就恍如被閃電擊中似的，整個人都石化在原地。他愣愣的，精神完全崩潰了。他蹲在地上，用力的抱著頭，「妳知道了？什麼時候知道的？」

「剛知道。」簡晴心裡發酸，她看著老公絕望的模樣，輕輕走上去，拍著他的背，「別怕，我查了查，那是一種叫異食癖的病。能治好的！」

「不對，我患的不是病。剛開始吃痂的時候，我每天都惶恐不安，也特別找心理醫生諮詢過。」張翔使勁兒搖頭，眼淚唏哩嘩啦的流個不停。能讓三十多歲的大男人哭成這樣，情況該糟糕到何種地步？

「你已經去找過醫生了？」簡晴很意外。

「嗯，醫生說我心理沒問題。我還在網上查過，有人所吃痂是因為血液裡缺少鐵，可我做了全面的身體檢查也沒查出任何症狀。這種怪癖突然就出現了，而且一天比一天病入膏肓，每天不吃一些痂，肚子裡就像有千萬隻螞蟻在撕咬似的，又癢又痛。」張翔痛苦不堪的說。

「總有辦法治好的，我們多找幾家醫院，多找些民間偏方。有辦法的，肯定有辦法！」簡晴也不知道該說些什麼了，她一邊抹乾老公臉上的淚，一邊決然道：「你去跟公司請一個禮拜的假，我們明天一早就去到處求醫。」

「唉，試試吧。」張翔苦笑著，嘆了口氣。他隱藏著許多東西都沒有說出來，自己患的可能真的不是異食癖。因為現在心底深處總是有股邪惡的欲望，那遠遠超出了異食癖的範圍。

他害怕，怕得要死。就連看這個世界，都覺得黯淡無光，充滿了如痂的表皮一般斑駁暗紅的粗糙感。他現在很難咽下其他食物，只能吃痂。他甚至在懷疑，會不會某一天，他自己都會變成一塊痂，靜靜地躺在地板上？

或許，真的有這麼一天吧！

張翔望著妻子蕭索的背影，突然舔了舔嘴唇。

尾聲

就像我經常說的那樣，這世界總有許多稀奇古怪的事情，每一件事都千頭萬緒的似乎沒有關聯，可是到了最後，卻終歸會如亂麻般一整團都塞到了你的懷裡，讓你去收拾殘局。

我是夜不語，初聞簡晴和張翔這對夫妻的事情時，是在三天前。有個網路 ID 叫做番茄的人寫了一封長信給我，說她的鄰居有些古怪，在本地論壇發了許多求救帖，很詭異。她一時感興趣，就找上門和那個叫做簡晴的鄰居聊起來。

可是越深入了解這對夫妻的事情，越感到毛骨悚然。簡晴的丈夫張翔，完全不同於普通的異食癖患者。番茄甚至覺得，他簡直是被惡鬼纏身似的，無法掙脫。

這個多管閒事的鄰居自稱是我的忠實讀者，一直追著我的書看，對我也特別佩服。認為我或許有辦法幫助簡晴夫妻倆。開始時我還不以為然，認為那個張翔，只是有嚴重異食癖罷了。可一時間忍不住手癢，跑去番茄提及的論壇搜了搜帖子，越看越心驚。

張翔，絕對患的不是異食癖。他雖然有異食癖的症狀，可卻太古怪了。異食癖患者吃不下普通的東西，所以經常面黃肌瘦。可妻子簡晴卻聲稱，自己的老公食痂後，會面色紅潤。這完全顛覆了異食癖的定義。

一些小小的痂，就能補充人體一天所需的營養物質？我不信！或許，裡邊還有更深層次的可怕緣由。

不敢怠慢，試著跟番茄聯絡了一下，她居然是個不足二十歲的大二學生，語氣很驚訝，「您，真的是夜不語先生？」

「是我。」我在電話裡苦笑。

「不得了喏，不得了。」女孩的聲音很高昂，續而又低沉壓抑下來，「你是來問那對夫妻的吧？我已經三天沒有他們的消息了，敲門也沒人應。不知道是出了遠門還是啥的！」

我拿電話的手一頓，後脊背頓時涼了半截。看來，事情恐怕已經無法挽回了！

當晚我就買了去那個城市的機票。下了飛機，取了行李，推開機場的旋轉門，就看到了番茄舉著碩大的牌子，寫著，「恭迎夜大光臨」。

看得我整個人狂冒汗。

番茄很有活力，雖然相貌普通，可是很有親和力，也頗為健談。不論說什麼，她總能跟你找到話題。我租了一輛車，朝著她家開去。

「我家就住在簡晴隔壁那棟。關於他們買的房子，我也查過了，絕對沒有任何問題。交屋後，從沒人住進去過。附近的鄰居也好好的，人也不錯。」番茄的嘴基本很難閒著，嘰嘰喳喳的介紹個不停，「簡晴姐姐人不錯，到處帶著自己的老公求醫。據說他們去過很多地方、找了很多江湖赤腳醫生求診，還試過大量的民間偏方。可張翔的病還是一天比一天重。」

「他們失蹤前，你見過兩人嗎？」我問：「她丈夫的狀況怎樣？」

「簡晴姐姐很憔悴，不過丈夫張翔倒是面色紅潤，一看就是營養很好十分健康。」番茄也挺疑惑，「不瞭解的人一看，還以為患病的是簡晴呢。」

我的眉頭緊緊皺在一起，嘆了口氣，「怪，太怪了。確實是越想越搞不懂。」

車下了機場高速，穿越半個城市，終於在這個社區的地下停車場裡停住了。番茄問：「夜大，你休息一天，明早再去拜訪簡晴姐姐吧。太晚了，看你也風塵僕僕挺累的。」

「不用了，早點去看看。」我搖頭，「心頭老有股急迫感，總覺得很不對勁。」

番茄有些被我的臉色嚇到，「他們真出事了？」

「如果只是出事還算小事，就怕……」我的話頓住了，活生生的咽了下去。有些事情，真的很難跟外行人解釋。

女孩十分好奇，不過卻能很好壓抑住自己的好奇心。她沒有多問，只是偏著腦袋不知道在想些什麼。她將我帶到了簡晴家門口，努了努嘴，「夜大，就是這裡了。不過門鎖著，怎麼敲都沒人回應。應該是沒人在家吧！」

我看了門把手一眼，金屬把手在走廊燈光下反射著冷色調。上邊落了一層薄薄的灰，仔細看，金屬色表面還蒙著一層紅暈，彷彿密佈著無數血管狀的細絲。

敲了敲門，果然沒人回應。可不知為何，總覺得進入樓中後，整層的門背後都透出刺眼的偷窺視線。十八樓一共有六戶人家，六扇漆著暗紅油漆的門上都有一個貓眼。可怕的是，每個貓眼後，似乎都有誰站著，默默窺視著我們。

這些視線令我後背發麻。

假裝大聲咳嗽，窺視感頓時消失得無影無蹤。我掏出萬能鑰匙將簡晴家的門打開，還沒走進去，就呆住了。番茄甚至發出難以置信的驚呼，她看著屋裡的景象，腳軟的癱軟在地上。

「這，這是怎麼回事？」她臉色慘白，目光中全是恐懼。

我強忍著噁心感，走進了房間中。屋裡的一切都慘不忍睹，簡晴被倒吊在客廳中，全身赤裸，身材姣好的胴體被密密麻麻的傷口爬滿。似乎是誰用小刀在她身上不斷的割出口子，等待她受傷流血。但又小心翼翼的不讓她流血過多，不容易結疤。

木質地板上，爬滿了奇怪的肉瘤。這些肉瘤被長長的血管連在了簡晴的身體上，似乎和她右手上的傷口是一體。我的視線中，全都被這些肉瘤充斥著，就連壁掛電視旁的一棵風景樹也是。

肉瘤彷彿果實似的，掛在風景樹上，一收一縮著，像是心臟般呼吸鼓動。屋裡的場景完全超出了我的想像力。我從身上掏出一把瑞士軍刀，用刀尖戳了戳肉瘤的表面。

很硬，恍如肌肉上凝結了一層繭。

倒吊著的簡晴一動不動，不知死活。而她的丈夫，我找遍整個房屋都沒有找到。視線再一次落到這些肉瘤上時，突然有個瘋狂的念頭湧入腦海。難道張翔，已經變成了屋裡的無數肉瘤，通過血管，寄生在了簡晴身上？

我掀開沙發，盯著帖子裡簡晴提及的，每晚都會滋長出痂的位置。可是除了灰塵，什麼也沒有找到。

「這個屋子沒問題，原因或許出在其他地方。」我站在猶如地獄的客廳中，思維飛速的判斷著目前的狀況，「番茄，妳有沒有聽簡晴提過，她來看房的那個早晨，究竟遇到過什麼事情？我想，很有可能簡晴那天早晨，將某些東西帶進了房子裡！嬰兒的眼睛是最純潔的，她的侄子看到了大人看不到的玩意兒，所以才哭個不停。」

這個世界當然沒有鬼鬼神神的存在，但是有些東西確實是小孩能看到，而大人就算看到了也會潛意識的否定其存在。我找到過許多奇奇怪怪的物品，也經歷過許多毛骨悚然的恐怖事件，每一件，背後都深深地隱藏著一股超自然的東西。

那些東西或是一個不起眼的石頭，或是一具普通的屍體。就像陳老爺子被分屍的骨頭，至今我也沒搞明白這玩意兒究竟是怎麼回事，為什麼被分屍成無數塊，封印在世界各處。

簡晴，來看房的當天早晨，究竟將什麼帶到了房子中呢？或許，明天我該沿著她走過的路線，仔細找找才行。

「喂，番茄小姐？」待在門外的番茄一直都沒有發聲，我疑惑的轉過頭，嚇得全身發麻。

只見不知何時，十八樓所有的住戶都站在了簡晴家門前，將出口堵得水泄不通。十多個人，每個人的神色都極為異常。臉色慘白、僵直的表情猶如戴上了面具。番茄倒在地上，她身上無聲無息的趴伏著一個傴僂的老頭，正在將一塊痂塞入她的嘴中。

那些不正常的鄰居們右手臂上都有一塊指甲大小的暗紅色的痂，在走廊燈光中散發著妖異的光澤。

面無表情的人們感覺到了我的視線，他們抬起頭，向我瞧過來。我向後退了幾步，清楚地看到，這些人的腳後跟都連著一根血管，猩紅色的血管將每個人都連成了一個整體。這些人，跟屋裡爬滿的肉瘤並沒有區別。

我一退再退，最後退到了簡晴身旁。女人的身體被我撞了一下，在空中不停搖擺。她的影子也晃來晃去，彰顯著這一刻的絕望。

人形肉瘤們中的其中之一，剝下右手臂上的噁心的痂，雙手挺直，猶如殭屍般朝我逼了過來。

原來簡晴家出現的古怪的痂，居然是靠著人類的吞噬而繁殖的。在如此危急的一刻，我居然還閒暇的如此思考著。右手胡亂摸索，抓住了不遠處插在腐爛的水果上的小刀，朝那些已經不是人類的怪物們，迎了過去……

就是不知道這些人形怪物，如果插中了心臟的話會不會死掉。總之，我已經沒有退路了！

夜不語作品 14

夜不語詭秘檔案 103：陰靈蘋果

國家圖書館出版品預行編目資料

夜不語詭秘檔案103：陰靈蘋果 ／夜不語 著.
一 初版. 一 臺北市：春天出版國際， 2017.01
面； 公分. 一（夜不語作品；14）
ISBN 978-986-94288-0-4（平裝）
857.7 105025508

ISBN 978-986-94288-0-4
Printed in Taiwan

作者 夜不語
封面繪圖 Kanariya
總編輯 莊宜勳
主編 鍾靈
美術設計 三石設計

出版者 春天出版國際文化有限公司
地址 台北市信義區信義路四段458號3樓
電話 02-7718-0898
傳真 02-7718-2388
E-mail story@bookspring.com.tw
網址 http://www.bookspring.com.tw
部落格 http://blog.pixnet.net/bookspring
郵政帳號 19705538
戶名 春天出版國際文化有限公司
法律顧問 蕭顯忠律師事務所
出版日期 二〇一七年一月初版
定價 170元

總經銷 楨德圖書事業有限公司
地址 新北市新店區寶興路45巷6弄6號5樓
電話 02-8919-3186
傳真 02-8914-5524